Ciao,
io sono
Valentina!

Benvenuti nel mondo di Valentina!

Ciao, io sono Valentina! Ho dodici anni e frequento le medie. Molti di voi mi conoscono già... ma quello che ancora non sapete, lo scoprirete in questi libri che narrano le mie avventure. Vi racconterò la mia vita di tutti i giorni e vi farò conoscere la mia famiglia, la mia classe, i miei amici e i miei pro-

Valentina

Mamma

Papà

fessori. Le mie avventure spesso sono curiose e sorprendenti. Ma a me una vita monotona e sempre uguale non è mai piaciuta. E credo che non piaccia neanche a voi, no? Se è così, siamo in buona compagnia. Buona lettura, amici e amiche!

Luca

Tazio

Alice

Maestro

Ottilia

I Edizione 2001

15033 Casale Monferrato (AL) - Via G. del Carretto, 10
Tel. 0142/3361 - Telefax 0142/74223
http://www.edizpiemme.it

Stampa: Mondadori Printing S.p.A. - Stabilimento NMS - Cles (TN)

Angelo Petrosino

V come Valentina

Illustrazioni di Sara Not

PIEMME
Junior

Ai miei alunni di ieri e di oggi,
dal "maestro che racconta storie"

Allergie e bugie

Ciao, sono Valentina. Oggi, giovedì venti febbraio, ho esattamente dieci anni e diciotto giorni.

– A che ora sono nata? – ho chiesto stamattina a mia madre.

– Alle tre di notte.

– Faceva freddo?

– Altroché! C'erano almeno cinque gradi sotto zero.

Sarà per questo che io non sono freddolosa. Devo essermi abituata subito alle basse temperature.

Comunque le stagioni mi piacciono tutte. A parte l'estate, quando mi metto a piangere come una fontana e starnutisco come una mitragliatrice.

– Mamma, per quanto tempo devo portarmi dietro questa allergia?

– Il medico dice che con l'età dello sviluppo la situazione dovrebbe migliorare.

– Be', allora speriamo che questo sviluppo non si faccia aspettare troppo.

A volte mi capita di immaginarmi già grande. E non mi piace molto.

– Scherzi? Io non vedo l'ora di smettere di essere una *bambinetta* – mi dice Ottilia.

– Ottilia, tu non sei una *bambinetta* – le dico.

– Sta di fatto che tutti mi trattano come se lo fossi.

– Io no.

– Vorrei vedere! Sei o non sei la mia migliore amica?

– C'è bisogno di domandarlo?

BUGIE E VIRTÙ

Bugie. Non so voi, ma io qualche volta le dico. Diciamo quando proprio non ne posso fare a meno.

Faccio un esempio.

– Valentina, perché non hai imparato la poesia? – mi ha chiesto ieri il maestro.

– Perché avevo la febbre – gli ho risposto.

In realtà mi ero talmente appassionata a un libro che mi aveva prestato Ottilia, che mi sono proprio dimenticata di imparare i venti versi di una poesia facile e divertente.

Mi è dispiaciuto dire una bugia al maestro, perché non se lo merita. Infatti non si è nemmeno arrabbiato. Si è limitato a dire:

– Va bene, sei scusata. Pensi di farcela a impararla per domani?

– La posso imparare anche in mezz'ora.

E non l'ho detto tanto per dire. Io, infatti, ho una memoria strabiliante.

– Come ti invidio, Valentina – mi dice spesso Ottilia. – Perché non mi dici come fai?

– Non lo so nemmeno io – le rispondo. – È come se assorbissi le parole con gli occhi.

In compenso Ottilia disegna in modo eccezionale.

– Come ti invidio – le dico. – Perché non mi dici come fai?

– Non lo so nemmeno io – mi risponde. – Mi viene naturale e basta.

Ormai ho capito che è inutile invidiare gli altri. Quando una cosa ce l'hai, te la tieni e basta.

UN MEDICO IN GAMBA

Ieri scendendo le scale di corsa mi sono slogata una caviglia. Dire che ho visto le stelle è dire poco. Mi è mancato il fiato, sono diventata bianca come un lenzuolo e finalmente sono riuscita a lanciare l'urlo più forte della mia vita.

Dal piano di sopra si è affacciato mio padre, dal piano di sotto la moglie di un pensionato.

– Valentina, cosa è successo?

– Mi sono storta un piede – ho piagnucolato.

Mio padre mi ha presa tra le braccia e mi ha riportata a casa. Poi mi ha adagiata sul letto, ha dato un'occhiata alla caviglia e ha detto a mia madre: – Ci vuole un medico. Te ne occupi tu? Se faccio tardi sul lavoro, mi sbranano.

Il medico è arrivato due ore dopo. Ma prima che entrasse in casa, ho sofferto le pene dell'inferno.

– Proviamo a mettere del ghiaccio – ha detto mia madre. Quando però ha posato il ghiaccio sulla parte gonfia e dolorante, ho lanciato uno strillo d'aquila.

Non ho mai strillato tanto. E mi sono vergognata un poco, perché c'era mio fratello a osservarmi. – Salto la scuola anch'io? – ha chiesto.

– È naturale – gli ha risposto mia madre. – Chi vuoi che ti accompagni?

Luca ha riso sotto i baffi, e se non mi ha presa in giro è perché mi era grato del giorno di vacanza imprevisto che gli avevo regalato.

– Niente di grave – ha detto il medico dopo avermi visitata.

– Che dice? Io sto malissimo – mi sono lamentata.

Il medico ha sbuffato: – Oggi non siamo più abituati a sopportare il dolore.

E prima che potessi replicare, ha aggiunto: – Però in questo caso hai ragione. Devi aver provato un dolore lancinante.

– Mi manderà in ospedale? – gli ho chiesto.

– Non è necessario. So come sbrigarmela. Chiudi gli occhi e rilassati.

Io ho provato a chiudere gli occhi, ma non ci sono riuscita del tutto. Volevo proprio vedere come avrebbe fatto a raddrizzare il piede. E mi sono preparata a lanciare un altro acutissimo urlo.

– Adesso muoio – mi sono detta.

Ma è andata in modo del tutto diverso. Dalle mani del medico dev'essere uscito un fluido miracoloso, perché il mio piede è tornato a posto in un batter di ciglia.

Quando ho cominciato a muoverlo, ho esclamato: – Non ci posso credere. Lei è il medico più in gamba che io conosca. Le prometto che le farò molta pubblicità.

– Per carità, non provarci nemmeno. Ho tanti di quei pazienti, che lo studio è pieno come un uovo cinque giorni la settimana.

– Grazie, dottore.

– Non c'è di che.

– Quando può tornare a scuola? – gli ha chiesto mia madre.

– Anche subito.

Luca ha guardato il medico con disappunto e ha mormorato: – Questo medico guarisce troppo in fretta. Non mi piace.

LUCA, TORNA PIÙ TARDI!

Luca ha sette anni e non è male come fratello. A parte quando stringe i denti e i pugni e si mette a fare il cocciuto.

– Questi compiti sono troppo difficili e non li so fare. Aiutami.

– Prima provaci da solo – gli dico.

– Ci ho già provato. Non ci riesco.

– Adesso ho troppo da fare. Torna più tardi.

Luca si allontana e cinque minuti dopo torna alla carica.

– Devo fare un tema. Come si fa a parlare di un gatto? – comincia.

– Se ne parla e basta – gli rispondo.

– Io non ho mai avuto un gatto.

È vero, in casa nostra non sono mai entrati animali. Ma nel cortile del nostro condominio capita spesso che si affaccino dei gatti randagi.

– C'è quel gatto nero che gironzola sempre intorno al garage di papà – dico a Luca. – Se fai un salto giù, lo trovi di sicuro acquattato dietro il pilastro scheggiato. Osservalo attentamente e racconta come è fatto.

– Non ho voglia di scendere. Fa freddo.

– Allora torna più tardi.

Due minuti dopo, Luca si riaffaccia nella nostra camera.

– Forse è meglio se vai da papà – gli dico. – Io ho una montagna di compiti da sbrigare.

– Papà dice che è stanco. Anzi, si è già addormentato.

– Luca, torna più tardi.

– No, io di qui non me ne vado se non mi aiuti a fare il tema.

– Non sono mica obbligata.

– Papà dice che tocca a te aiutarmi.

Io lo guardo, vedo che è sull'orlo delle lacrime e infine gli dico: – Facciamo dopo cena, d'accordo?

A volte dico a mia madre: – Preferirei non avere un fratello.

– Prima o poi imparerà a cavarsela da solo – mi dice lei. – Vedrò di aiutarlo io, la prossima volta.

Ma mia madre ha sempre troppo da fare. Luca lo sa e viene a bussare alla mia porta.

– Allora, mi aiuti?

– Luca, torna più tardi, per favore...

UN COMPLEANNO CON UNA CANDELINA IN PIÙ

Sergio, il figlio di Genoveffa, ha compiuto quattro anni proprio ieri. Da qualche mese gli faccio da babysitter, e a volte sono proprio disperata.

– Genoveffa, lo sai che hai un figlio impossibile? – ho detto a sua madre qualche giorno fa.

– Valentina, ti dico che sei bravissima. Quando non c'eri tu, a Sergio succedevano un sacco di incidenti. Adesso, invece, lo vedo più calmo.

– Per forza, si sfoga con me quando tu non ci sei!

Ieri, al momento di tagliare la torta, Sergio si è impuntato.

– Manca una candelina – ha detto.

– Tesoro, oggi compi quattro anni – gli ha ricordato sua madre.

– Io voglio cinque candeline – ha insistito Sergio.

– Ma non ha senso. Hai quattro anni, ti dico.

– Ne voglio cinque.

Genoveffa ha guardato me e io ho guardato Sergio.

Ma sono rimasta zitta.

Mio fratello, invece, ha sbuffato: – Che razza di compleanno sarebbe con una candelina in più?

– Tu stai zitto, se no non mangi la torta – gli ha detto Sergio. – Io ho cinque anni.

Alla fine Genoveffa ha sospirato, è andata a prendere un'altra candelina, l'ha accesa e l'ha aggiunta alle quattro già piantate nella torta.

– Vediamo se riesci a spegnerle tutte al primo colpo – ha detto al figlio.

Sergio ha gonfiato i polmoni, e ha soffiato con tutte le sue forze. Ha anche schizzato un po' di saliva c Luca ha mormorato: – Bella roba. Adesso come faccio a mangiare la torta?

– Auguri – ho detto a Sergio, dandogli un album per disegnare e un libro che racconta la storia di un bambino pestifero.

– Ma di che cosa parla il libro? – mi ha chiesto.

– Di uno che ti somiglia molto.

– Non mi piace.

Io ho alzato le spalle.

– Perché hai insistito a dire che hai cinque anni? – gli ho chiesto.

– Perché voglio avere l'età che mi piace.

– E l'anno prossimo come farai? Festeggerai il tuo sesto compleanno?

– L’anno prossimo voglio dieci candeline sulla torta.

– Molto originale.

Mentre tornavo a casa con mio fratello, ho pensato a zia Elsa, che mi ripete: – Valentina, ognuno ha l’età che si sente.

Allora mi sono detta: – Quante candeline metterò sulla mia torta il prossimo due febbraio?

DOLCI, DENTISTI, PATATINE FRITTE E MAMME CASALINGHE

In casa nostra non si mangiano molti dolci. – Non voglio che ingrassiate troppo – ripete mia madre.

Ma mio padre non è d’accordo. E una tavoletta di cioccolato a tavola non manca mai.

Un giorno ho chiesto a mio padre: – Come mai ti piace tanto il cioccolato, papà?

– Perché quand'ero piccolo non potevo mangiarlo spesso. Mia madre non lo comprava sia perché non aveva molti soldi, sia perché diceva che mi guastava i denti.

– E tu, non ti preoccupi dei nostri denti, papà?

– Basta che li laviate regolarmente. E poi il dentista vi controlla almeno tre volte l'anno.

È vero. A primavera, in estate e a dicembre mia madre porta me e Luca a controllare i denti.

Luca borbotta e dice che non sopporta la puzza che c'è nello studio del dentista.

Io, invece, ho una gran paura del trapano. Il fischio che produce quando va alla ricerca delle carie mi mette i brividi nel cervello.

– E se un giorno le scappa di mano? – chiesi una volta al dentista. – Magari mi fa un buco sulla lingua.

– Stai tranquilla che non succederà. Ho la mano ancora ferma.

– Le piace il suo mestiere?

– Molto.

– Io non so che gusto si provi a forare denti e a tappare buchi.

– Ti piace avere denti bianchi, diritti, regolari?

– Sì, certo.

– E allora rispetta di più i dentisti.

– Io non volevo offenderla.

– E infatti non mi hai offeso. Ti sto solo dando delle risposte. Adesso però devi smettere di parlare, sennò non riesco a fare il mio lavoro. Su, apri bene la bocca.

Mia madre mi chiede: – Perché fai sempre tante domande?

– Perché mi piace avere delle risposte. Tu non ne facevi mai da piccola?

– Eccome! Ma mi dicevano subito di smetterla.

Mia madre è una donna rara. Posso dirlo perché le mie compagne continuano sempre a lamentarsi delle loro.

– Certe volte vorrei battere i piedi e urlare – mi dice per esempio Ottilia. – Mia madre è proprio impossibile.

– Perché?

– Per esempio mi chiede di vestirmi come vuole lei e di non mangiare patatine fritte.

– Be', le patatine fritte non piacciono neanche a me. A parte quelle fatte in casa. Perché non te le fai preparare da tua madre?

– Figurati! Lei non ha mai tempo di cucinare e mangerebbe sempre al ristorante, se potesse.

– Allora se vuoi assaggiare delle patatine fritte come si deve, un giorno ti invito a casa nostra. Anzi, sai cosa facciamo? Un pomeriggio che sono sola, ti chiamo e ce le friggiamo noi.

Per fortuna mia madre fa la casalinga, anche se a lei non piace.

– Valentina, prima o poi mi metto a lavorare – mi dice ogni tanto. – Ne ho il diritto, no?

– Certo, mamma.

Ma dentro di me penso: «Se anche lei sta

fuori casa, chi troverò ad aspettarmi quando torno da scuola?».

Ma poi rifletto e mi dico: «Valentina, quando avrai la sua età, pensi che sarai soddisfatta di passare tutto il tuo tempo in casa?». La risposta che mi do è: «Non credo proprio».

Comunque per ora non voglio pensare a quando sarò una donna, una madre e magari una nonna. Adesso sono contenta di essere come sono e preferisco che mia madre stia a casa.

IN CASA DA SOLA. I VESTITI DELLA MAMMA

Ma intendiamoci. Non è che non mi piaccia stare da sola. Anzi!

Soprattutto il sabato pomeriggio, quando mio padre e mia madre vanno a fare la spesa per la settimana, sono contenta che portino

Luca con loro. Così la casa è tutta mia e mi sembra di essere la padrona di ogni centimetro del nostro appartamento.

Chiudo la porta a chiave, perlustro il bagno, il soggiorno, la cucina e infine me ne vado in camera mia, mi getto sul letto e chiudo gli occhi.

Per un po' penso e mi godo il silenzio della casa. Poi mi alzo, vado in camera dei miei e guardo il letto dove dormono.

Io in quel letto non ci sono andata quasi mai. Tranne quando ero proprio piccola, mi dicono.

– Perché ci venivo? – ho chiesto un giorno a mio padre.

– Perché ti svegliavi di soprassalto dopo aver avuto un incubo. Tua madre ti stringeva come se fossi un pulcino spaventato, ma ero io che trovavo le parole giuste per calmarti e ti riaccompagnavo nella tua camera.

A volte apro l'armadio dei miei e passo in rassegna i vestiti di mia madre. Sfioro una giacca, una gonna, un paio di pantaloni, e mi viene voglia di indossarli. Per la verità un paio di volte l'ho fatto. Ma quando mi sono guardata allo specchio, mi sono sentita strana.

«Valentina, togliti subito quella roba di dosso. Sei proprio ridicola» mi sono detta.

E ho pensato a certe mie compagne che arrivano a scuola con minigonne, calze a rete e altro. Il maestro, quando le vede, sospira e dice: – Bambine, vediamo di non esagerare.

Ma la maestra, che è la sua nuova collega da alcuni mesi, dice: – Dai, non essere troppo bacchettone. Non vedi come sono carine?

Però anche lei, quando Luciana è arrivata in classe con una gonna ultracorta e il rossetto sulle labbra, è rimasta a bocca aperta ed è uscita dalla classe con la nostra compagna.

Deve averle fatto un discorso un po' speciale. Infatti, quando Luciana è rientrata in classe, è andata a sedersi al suo posto e non si è mossa fino all'ora di andare a casa. Si era ripulita le labbra dal rossetto e alla mia

Mi sono guardata e mi sono sentita strana…

domanda: – Cosa ti ha detto la maestra? – ha risposto: – Non ti riguarda.

I maschi, che avevano cominciato a fare subito gli stupidi, sono stati bloccati da un'occhiata del maestro e hanno fatto finta che Luciana non ci fosse.

RICORDI DI GIOVENTÙ, DIARI E SALVADANAI

Quando sono da sola in casa, mi piace mettere ordine nella mia camera e vado alla ricerca delle cose che raccoglievo da piccola: bottoni, spille, pupazzetti di plastica, graffette, anellini, blocchetti di carta. Se ne stanno alla rinfusa in una scatola di cartone e li tengo ben lontani dalle zampe di Luca.

– Cos'hai in quella scatola? – mi chiede ogni tanto.

– Ci sono i ricordi della mia gioventù – gli rispondo.

– Perché non me li fai vedere?

– Perché sono proprietà personale.

Luca lancia un'occhiata alla scatola che sta sull'armadio e medita su come fare per raggiungerla. Per fortuna la scala è in cantina e mio padre la porta di sopra solo quando deve imbiancare le stanze.

Oggi, però, tengo di più al mio diario. Luca non sa nemmeno che esiste e sono certa che non è mai andato a curiosare sotto i quaderni dov'è nascosto. Eppure il mio diario non è granché, credo. Contiene solo pochi pensieri e alcune riflessioni. Mia madre sa che esiste, ma posso stare tranquilla.

– Lascia perdere il lucchetto, Valentina – mi disse quando lo acquistai. – Mia madre ha frugato fin troppo nel mio. E io non farò lo stesso con te.

– Allora anche tu hai tenuto un diario, mamma?

– Si capisce. Come quasi tutte le bambine.

– E cosa ci scrivevi?

– Per lo più ciò che mi faceva arrabbiare. I dispetti dei ragazzi, i tradimenti delle amiche, le ingiustizie della maestra, le pretese eccessive di mia madre, i foruncoli che mi imbruttivano il viso e che mi facevano dire: «Io non avrò mai un ragazzo».

– Poi, invece, hai incontrato papà.

– Già, e non mi posso lamentare.

– Ti vuole davvero bene papà?

– Tu che ne dici?

– A me sembra che non ti tratti male. A parte quando sbuffa perché spendi troppo.

– Spendo il necessario, Valentina. Mia madre mi ha insegnato a risparmiare.

– Allora dovresti insegnarlo anche a me. Spendo quasi tutti i soldi che guadagno facendo da babysitter a Sergio. Una parte dei soldi, comunque, è nel mio salvadanaio. Perciò, quando ne hai bisogno, serviti pure.

– Grazie, Valentina. Me ne ricorderò.

COS'È LA VITA?

Mi piace raccontare la mia vita. Lo so che non è poi così interessante. Ma comunque è la mia vita.

A volte mi chiedo: «Cos'è la vita?».

Se dicessi che la mia vita è mia madre, mio padre, mio fratello Luca, Ottilia e i miei compagni di scuola, avrei forse detto tutto? Non credo proprio. Dovrei parlare anche delle mie paure, dei miei desideri e dei miei dubbi. La vita è fatta anche di questo, no?

Perciò è tanto complicata. Forse conviene non pensarci troppo. Forse è meglio vivere e aspettare di vedere cosa succede un minuto dopo, un'ora dopo, un giorno dopo, una settimana dopo, un mese dopo, un anno dopo…

Fino a quando? Fino a quando mi vengono i brividi e mi dico che a un certo punto non ci sarà un "dopo".

Stop. Pensiamo a una cosa allegra. Vediamo, vediamo...

Ci sono. Zia Elsa! Ma certo, la mia zia preferita e cicciottella. Da quando si è sposata, sta sempre a farmi carezze e mi chiede se a scuola me la cavo bene, se vado d'accordo con i miei compagni e se a casa mi rispettano.

– Zia, io con mia madre sono sempre andata d'accordo.

– Meno male. Tra madre e figlia le cose non sono mai facili.

– Tra noi hanno sempre funzionato bene. Mia madre non mi sta troppo addosso. Però, quando ho bisogno di lei, mi aiuta e mi consola.

– Hai bisogno di essere consolata, Valentina?

– Ogni tanto.

– Perché non ti rivolgi anche a me?

– A te preferisco raccontare le cose belle che mi succedono, zia.

– Allora dimmene subito una.

– La prossima settimana andremo al Campo Salgari.

– E cosa sarebbe?

– È un posto tra le colline dove, per un giorno, ci insegneranno a vivere come gli uomini primitivi.

– Vuoi dire che girerete nudi come Adamo ed Eva?

– Vuol dire che impareremo ad accendere il fuoco con i legnetti, macineremo il grano con le pietre, tireremo con l'arco e faremo esperienze da selvaggi.

– Io da piccola non ho fatto nessuna di queste cose. Ma d'altra parte ero una femmina e stavo quasi sempre in casa.

– Non era giusto, zia.

– Puoi dirlo. Oggi tu sei molto più fortunata!

Quando sono tornata a casa, ho preso il mio diario e ho scritto:

Zia Elsa avrebbe voluto essere una bam-

bina diversa. Io invece sono contenta di essere come sono e posso fare tante cose che lei non ha fatto. Per esempio, tra qualche giorno andrò con la classe a Campo Salgari e farò tutto quello che faranno i maschi. Anzi, anche di più. Metterò i jeans più consumati e una maglia rattoppata. Così, se ci sarà da sguazzare nel fango, non me ne importerà niente di sporcarmi.

I miei compagni dicono che a Campo Salgari noi bambine dovremo badare solo alla cucina, mentre loro imiteranno Tarzan e salteranno da una liana all'altra.

Vedremo. Io pretenderò di fare tutto, assolutamente tutto quello che faranno gli altri.

DOMANDE E IPOTESI. NELL'UNIVERSO SIAMO SOLI?

– Valentina Castelli!

– Presente!

Il nostro maestro, ogni tanto, fa l'appello, come ai suoi tempi.

– Non vi sembra divertente? – ci chiede.

– A me sembra ridicolo – rispondo io. – Non lo vedi da te chi c'è e chi manca?

Il maestro ride sotto i baffi e dice: – Qui ci prendiamo troppa confidenza. E se ci dessimo del "lei" ogni tanto?

– Sarebbe ridicolo.

– Valentina, cos'è che non ti fa ridere?

Il mio cognome, mi verrebbe da rispondere.

Appena ne ha l'occasione, Roberto mi fa il verso mettendosi a cantilenare: – Valentina Castelli-in-aria, quante domande hai ancora da fare?

– Quante tu non farai mai, visto che la testa non ce l'hai – gli rispondo.

Roberto però ha ragione. Io non la smetterei mai di fare domande.

– Se ci fosse un terremoto, come faremmo? – ho chiesto un giorno al maestro.

– Valentina, a Torino non ci sono mai stati terremoti devastanti – mi ha ricordato lui.

– E se ce ne fosse uno proprio domani, come faremmo a scappare?

– Useremmo la scala antincendio.

– E se crollasse anche quella?

– Arriveremmo a terra prima!

Ma io non mi auguro mai delle disgrazie. Anzi, preferisco pensare che mi andrà tutto bene. Tuttavia non si può mai sapere e «bisogna essere preparati a tutto». Così dice mio padre.

Comunque di domande e anche ipotesi ne faccio in continuazione: quando mi sveglio e quando mi corico, quando sono a scuola e quando gioco in cortile. L'altra sera, per esempio, mi sono affacciata alla finestra e ho guardato il cielo. L'aria era così trasparente che le stelle sembravano a portata di mano.

Non ne avevo mai viste tante.

Allora ho detto: – Non è possibile, non è possibile.

– Che cosa non è possibile? – mi ha chiesto mia madre arrivandomi silenziosamente alle spalle.

– Che nell'universo ci siamo soltanto noi – ho detto. – Tu che ne pensi?

– Mah!

Se c'è un'espressione che non mi piace, è proprio "Mah!". Che significa "Mah!"?

– Non sei capace di fare una qualche ipotesi, mamma?

– È che non riesco a immaginare della gente che somigli a te e a me e che viva lontana da noi milioni di anni luce.

Io invece mi sforzo di pensarci. E sono convinta che da qualche parte, a miliardi di chilometri di distanza, ci sono dei bambini che vanno a scuola, ridono, piangono, bisticciano e tirano calci.

Allora penso che mi piacerebbe conoscerli, anche se so che non succederà mai, purtroppo.

Però che mi costa immaginare che da qualche parte, dietro una stella, ci sia un pianeta dove si nasce, si vive e si muore come qui?

– Valentina, non ti sei accorta che fa freddo? – mi ha chiesto mia madre posandomi le mani sulle spalle.

Io mi sono rifugiata tra le sue braccia e le ho detto: – Mamma, se guardo il cielo, mi sento troppo sola.

– Capitava anche a me da piccola.

A Luca, invece, credo che non capiti mai.

Quando è tornato dal bagno in pigiama, mi ha detto: – Sei matta a far entrare in camera il gelo della notte? Se ti vuoi beccare un raffreddore, va' da un'altra parte.

ROSSETTO SULLE LABBRA E UN BACIO MORTALE

– Ciao, Sergio – ho detto entrando in casa di Genoveffa oggi pomeriggio.

Sergio ha grugnito e Genoveffa mi ha detto: – Grazie per essere venuta prima, Valentina. Oggi ho un mucchio di cose da fare.

– Dove devi andare? – le ho chiesto.

– Dalla parrucchiera, dalla fotografa, dal medico e da qualche altra parte. Me ne ricorderò strada facendo.

La madre di Sergio non sta mai ferma. Ha sempre qualcosa da fare. Forse è per questo che non ha un marito. Scommetto che non starebbero mai insieme.

Genoveffa ha finito di passarsi il rossetto sulle labbra e mi ha chiesto: – Come sto?

– Stai benissimo – le ho risposto.

– Vedrò di fare il più in fretta possibile.

Sergio è corso in soggiorno e Genoveffa

mi ha detto: – Ho sempre paura che si faccia male. Stagli vicina, mi raccomando.

Quando l'ho raggiunto, Sergio mi ha detto: – Sei una bugiarda.

– Come sarebbe a dire?

– Mia madre, con quel rossetto, sembra una strega.

– Perché non glielo dici che non ti piace?

– Tanto lei lo mette lo stesso.

– Il parere di un figlio è importante. Magari ti accontenta e ne mette un altro.

– Io non voglio che si metta il rossetto e basta.

– Perché?

– Perché mi sporca la faccia quando mi bacia. Oppure non mi bacia per niente.

– Le donne sono fatte così. Certe volte un po' di rossetto non guasta.

– Te lo metterai anche tu?

– Chissà. Per adesso non ci voglio pensare.

Invece ci ho pensato quasi subito.

Quando sono andata in bagno, infatti,

ho preso dall'armadietto uno dei rossetti di Genoveffa e me lo sono passato sulle labbra. Poi mi sono guardata allo specchio e sono rimasta sbalordita dall'effetto. Quasi quasi non mi riconoscevo.

A quel punto Sergio è entrato nel bagno, mi ha fissata con gli occhi spalancati e ha detto: – Sei brutta. Non provare a venirmi vicino.

Allora io l'ho guardato facendo una specie di faccia da Dracula, ho digrignato i denti e ho detto: – Fermo dove sei, voglio darti un bacio mortale.

Sergio si è messo a strillare e ha cominciato a correre per la casa.

Mentre stavo per bloccarlo in cucina, sono scivolata e ho battuto la testa contro lo spigolo del tavolo.

Sono rimasta intontita per almeno trenta secondi. Tanto che Sergio ha cominciato a piangere e a urlare: – Sei morta! Sei morta!

Io mi sono alzata e ho mormorato: – Smettila di sbraitare, sono già resuscitata.

Il dolore però era forte, e ho dovuto controllarmi per non piangere e per non spaventare di più Sergio. E siccome sentivo crescere un enorme bernoccolo sotto le dita, ho aperto lo sportello del frigorifero, ho raccolto alcuni cubetti di ghiaccio, li ho stretti in uno strofinaccio e li ho tenuti schiacciati contro la tempia.

Poi sono andata a sedermi sul divano del soggiorno. Sergio si è seduto accanto a me e mi ha chiesto: – Non hai freddo?

– Un po'.

– Se non mi avessi rincorso, non saresti caduta.

– Capita.

– Che cosa volevi farmi?

– Niente. Volevo solo baciarti.

– Hai detto che volevi darmi un bacio mortale.

– Ho detto così?

– Sì. Cos'è un bacio mortale?

– Te lo spiego un'altra volta. Adesso ho la testa che mi scoppia.

CAMPO SALGARI: NUMERO UNO

– C'è il sole. Meno male!

Sono le prime parole che ho pronunciato affacciandomi in pigiama alla finestra stamattina.

Poi però ho pensato: «E se verso mezzogiorno scoppia un temporale? E se una nuvola di aria calda si scontra con una di aria fredda e si mette a diluviare? Il terreno si trasformerà in sabbie mobili e affonderò nel fango fino ai ginocchi. Che faccio? Mi porto dietro anche gli stivali?».

Allora ho sospirato e mi sono detta: «Valentina, vuoi smetterla di fare ipotesi disastrose? In cielo non c'è uno straccio di nuvola e il sole andrà a coricarsi senza problemi. Va bene, va bene. L'ho pensato solo per scaramanzia. Adesso mi vesto in quattro e quattr'otto, vado in bagno, faccio colazione e filo a scuola perché dobbiamo prendere due pullman per arrivare a Campo Salgari».

– Buona giornata, Valentina – mi ha detto mia madre. – Divertiti.

– Ci puoi contare, mamma.

– Hai bisogno di soldi?

– Credo che dove andiamo non ci sia nulla da comprare.

– Mangia più piano. C'è tempo.

Luca mi ha guardata con occhi pieni di invidia e ha detto: – La mia maestra non ci porta mai da nessuna parte. Invece gli altri bambini di seconda sono andati a vedere il Po e la Mole Antonelliana.

– Devi avere una maestra alla quale non piace camminare.

– Dice che siamo troppo scapestrati per portarci in giro.

– Ed è così?

– Io sto sempre in fila.

– Bravo. Convinci gli altri a starci anche loro e vedrai che presto vi metterete a girare tutta Torino. Ciao, mamma, io vado. Dov'è papà?

– Sta cercando di far partire l'auto in garage.

– Perché non si decide a comprarne una nuova?

– Perché costa troppi soldi.

– Come si fa a diventare ricchi in frettissima, mamma?

– Si gioca al lotto. Ma noi non abbiamo fortuna. A che ora prevedete di tornare?

– Saremo di ritorno a scuola per le sei.

Davanti alla scuola c'erano tutti e Ottilia mi ha chiesto: – Non hai freddo?

– Ho una giacca a vento nello zainetto – le ho risposto.

Gina si era imbacuccata come se dovesse scalare il monte Bianco e io le ho chiesto: – Non hai caldo?

– Non si sa mai – mi ha risposto.

Sul primo pullman non c'era molta gente e abbiamo potuto sederci quasi tutti. Quando siamo saliti sul secondo, invece, non c'era spazio nemmeno per un ago, e tutti si sono messi a spingere tutti. L'autista sembrava farlo apposta a dare dei colpi di freno che ci facevano schizzare in avanti come l'onda di un fiume in piena.

– Si può sapere chi gli ha dato la patente? – ha gridato a un certo punto Ringo.

L'autista lo ha sentito e ha risposto: – Chiudi il becco o scendi dal pullman.

– Io ho pagato e voglio arrivare a destinazione senza le ossa rotte – ha replicato Ringo.

In quel momento l'autista ha fatto una frenata più brusca delle altre. Io ho sentito le gomme fischiare e ho detto: – Abbiamo tamponato qualcuno.

Invece era solo il semaforo e l'autista si è messo a dire parolacce.

– È un'indecenza. Non ci si esprime così su un mezzo pubblico – ha detto una donna.

– Ha proprio ragione, signora. Non sono esempi da dare ai bambini – ha detto Ringo con una smorfia di disgusto.

Io l'ho guardato e ho detto: – Che ipocrita! Dici più parolacce tu di tutti gli autisti dell'Azienda Tranviaria messi insieme.

– Cos'hai detto? – mi ha chiesto la signora.

– Niente, pensavo a uno che dice tante parolacce.

– Spero che non sia il tuo papà.

Per la verità a mio padre ne scappa qualcuna ogni tanto. Ma si vergogna subito e si morde la lingua, specialmente se ci siamo io e Luca nei paraggi.

CAMPO SALGARI: NUMERO DUE

– Eccoci arrivati! – ha esclamato il maestro.

Siamo sbucati fuori dal pullman come uno sciame di api.

– Ah, non se ne poteva più!

– Aria, aria, mi sento soffocare!

– Mi hai pestato un piede, sciocco.

Gina era in un bagno di sudore e Ottilia saltellava sulle gambe per sgranchirsele. Io ho tirato fuori un fazzoletto e mi sono soffiata il naso. Eravamo talmente pigiati che non avevo potuto farlo sul pullman.

Quando ci siamo messi in fila, prima abbiamo lasciato la statale, poi abbiamo percorso un sentierino in discesa e infine siamo sbucati nel campo dove ci aspettavano gli istruttori.

– Accidenti, che puzza d'aglio! – ha esclamato Ottilia.

In effetti, tutt'intorno a noi c'era un tappeto di piante di aglio selvatico.

– Annusa, annusa. È tutta salute – ha detto la maestra a Ottilia.

Ma Ottilia ha storto il naso e ha detto: – A me l'aglio non è mai piaciuto.

Il campo era diviso in varie aree. In una c'era una serie di tettoie, in un'altra una tenda indiana, in un'altra uno spiazzo per accendere il fuoco, in un'altra ci si poteva esercitare nel tiro con l'arco.

In un punto isolato c'era una specie di torre, alla quale era agganciata una scala di corda tesa orizzontalmente e attaccata con l'altra estremità a un tronco d'albero.

– E quello cos'è? – mi ha chiesto Ottilia.

– È un quadrato svedese intrecciato con corde. Sali su e ti butti sui materassi che sono dall'altra parte – le ha risposto il maestro. – Ma adesso non distraetevi e sistematevi sotto le tettoie ad ascoltare gli istruttori.

Gli istruttori, due uomini e una donna, ci hanno tenuto lezione per quasi due ore. Tanto che a un certo punto ho detto: – Basta, sono stufa. Smettete di parlare e fateci fare qualcosa!

Per fortuna non mi hanno sentita. Gli uomini avevano un vocione che si sentiva a cento metri di distanza, e guai a interromperli senza ragione.

– Avete capito? – ci hanno chiesto dopo aver parlato degli uomini primitivi, della loro vita e delle loro attività per sopravvivere.

– Sìììì! – abbiamo gridato in coro.

– Quando si mangia? – ha chiesto Ringo.

– Non prima delle due – ha risposto uno degli istruttori.

– Cosa? Io sto svenendo dalla fame già adesso.

– Ringo, è meglio che non fai il furbo – ha detto il secondo istruttore, che aveva un paio di baffi e si chiamava Sinbad. – Ti conosco bene e non ti permetterò di fare il buffone. Qui non siamo a estate-ragazzi. Abbiamo un lavoro da fare e lo faremo fino in fondo. Se ci stai, bene. Se non ti va, mettiti in un angolo e sta' buono. E ricordati che prima delle due non si mangia.

Ringo ha dato un'occhiata al sacchetto di carta nel quale c'erano tre panini col formaggio, un succo di frutta e una merendina, e io ho scommesso che, in un modo o in un altro, prima delle due sarebbe riuscito a mangiare tutto.

Ringo è svelto come un gatto e le sue mani sono come tentacoli che arrivano dappertutto.

– Vedremo, vedremo – ha mormorato.

CAMPO SALGARI: NUMERO TRE

– Valentina, tocca a te.

Quando ho preso il boomerang in mano, l'ho sentito più pesante di quanto immaginassi. Comunque l'ho tirato come mi aveva insegnato l'istruttore e poco c'è mancato che centrasse in fronte Ringo.

– Attento! – ho urlato.

Ringo ha abbassato la testa e il boomerang è finito in una rete a maglie fitte senza fare danni.

L'istruttore è sbiancato, ha afferrato Ringo per il collo della camicia e gli ha urlato: – Come ti è venuto in mente di metterti tra il boomerang e la rete? Volevi vedere com'è fatto l'interno della tua zucca?

A quelle parole sono rabbrividita, e mi sono immaginata la testa di Ringo spaccata in due come un'anguria.

– Fila sotto la tettoia e non muoverti di

lì – ha ordinato l'istruttore a Ringo. – Ma io non ho ancora tirato! – ha provato a protestare Ringo.

– E non tirerai, se non resterai immobile come una statua nei prossimi dieci minuti.

Chiedere a Ringo di stare fermo per dieci minuti è come chiedere a una palla di non rotolare lungo una strada in discesa.

Ma ce l'ha fatta. Ci teneva troppo a far vedere a tutti quanta forza ha nei muscoli. Quando ha impugnato il boomerang, ha respirato profondamente e lo ha lanciato con la velocità di un proiettile.

Naturalmente è risultato il migliore di tutti e i suoi compagni lo hanno applaudito a lungo.

– Bravo, Ringo, sei imbattibile – hanno ripetuto dandogli pacche sulle spalle e tastandogli i muscoli delle braccia.

E se mi fossi trovata io nella traiettoria del suo boomerang?

Probabilmente mi avrebbe bucato da parte a parte.

CAMPO SALGARI: NUMERO QUATTRO

– Ci siamo. Adesso tocca al "Ponte Tibetano" – ha detto Sinbad verso l'una meno un quarto.

– Non è meglio se mangiamo prima? – ha proposto di nuovo Ringo.

Sinbad lo ha guardato storto e ha detto: – Meglio fare l'esperienza a stomaco vuoto. So di cosa parlo.

Ringo ha grugnito e ci ha guardati come se fossimo gli schiavetti di Sinbad.

– Perché non dite che avete fame anche voi? – ha mormorato.

Ma Sinbad ci aveva già messi in fila e ci conduceva verso la riva di un torrente sul quale era gettato un ponte di funi intrecciate. La fune più robusta era quella sulla quale dovevamo posare i piedi.

Le altre, più sottili, facevano da barriera a destra e a sinistra. Due, un po' più grosse, servivano per afferrarsi con le mani. Il ponte era sospeso a circa tre metri dall'acqua e noi dovevamo attraversarlo da una parte all'altra.

– Adesso ascoltatemi attentamente – ha cominciato Sinbad. – La prima cosa che dovete ricordare è che su quella fune si avanza mettendo i piedi a papera. Così.

E si è messo a camminare con le punte dei piedi in fuori.

Metà della classe è scoppiata a ridere, e Sinbad ha detto: – C'è poco da sghignazzare. Se non camminate come vi sto mostrando io, finirete con l'attorcigliarvi nelle corde e non escludo che facciate un tuffo nelle acque del torrente.

Io ho dato un'occhiata all'acqua sotto il ponte. Non era profonda, e saltando da quell'altezza ci si rompeva di sicuro una gamba.

– I piedi a papera – ha continuato a ripetere Sinbad. – Così... così... così...

– Abbiamo capito, abbiamo capito. Possiamo cominciare?

– C’è un’altra cosa importante che dovete ricordare – ha continuato Sinbad. – Mai staccare le mani dalle corde laterali. Le mani devono strisciare sulle corde. Il ponte oscilla e voi non sapete volare. È tutto. Siete pronti?

– Sìììììì!

– Chi comincia?

– Io – ha risposto il maestro.

Ed è partito un applauso.

– Bene – ha detto Sinbad. – È giusto dare l’esempio.

– Speriamo bene – ha mormorato il maestro. – Io soffro di vertigini.

Il maestro è partito, e dopo aver posato un piede sulla fune, il ponte si è messo a ondeggiare paurosamente.

– Oh mio Dio, adesso si spezza e il maestro finisce nel torrente! – ha esclamato Ottilia stringendomi un braccio. – Valentina, non so se ce la farò.

– Sta’ calma – le ho detto. – Vediamo come se la cava il maestro.

A metà percorso, il maestro si è fermato e ha balbettato: – Avanti, seguitemi... Non è difficile.

Sinbad si è rivolto a me e ha detto: – Puoi partire.

Ottilia è partita subito dopo dicendomi: – Valentina, ho paura di non arrivare dall'altra parte.

– Non parlare, cammina – le ho detto.

– E come faccio? Qui trema tutto.

– Ricordati di mettere i piedi a papera.

– Più a papera di così!

A un certo punto Ottilia ha gettato un urlo, io mi sono girata di scatto e mi è scivolato un piede.

Mi sono trovata subito attorcigliata nelle corde e ho battuto il sedere sulla fune principale.

– Valentina, non precipitare! – ha gridato Ottilia.

– Vuoi smetterla di urlare? – le ho detto. E ho cercato di rimettermi in piedi con cautela.

– Ricordati di mettere i piedi a papera...

Sinbad ha lanciato un urlo e il maestro, che era già dall'altra parte, mi ha chiesto: – Valentina, ce la fai?

– Ce la faccio, ce la faccio.

E infatti sono riuscita ad alzarmi senza rischiare troppo.

Arrivata sull'altra sponda, il maestro mi ha dato una mano e mi ha detto: – Ben arrivata.

– Perché ti sei messa a urlare? – ho chiesto a Ottilia quando è arrivata anche lei.

– Non lo so, mi è scappato. Ti sei fatta male?

– Credo di essermi graffiata una coscia. Controllerò stasera quando vado a casa.

In realtà ho potuto controllare prima, quando sono andata a fare la pipì con Ottilia al riparo di un mucchio di cespugli. Avevo un graffio, chissà se mi sarebbe venuto anche un livido.

CAMPO SALGARI: NUMERO CINQUE

Superato il "Ponte Tibetano", abbiamo compiuto un lungo percorso attraverso il bosco prima di tornare al campo.

Il sentiero era ben tracciato e non c'era pericolo di perdersi. Perciò ho detto a Ottilia e a Gina: – Prendiamocela con calma. Io ho male alla gamba e non posso andare di fretta.

– Guardali come corrono – ha detto Ottilia indicando i nostri compagni che balzavano come lepri.

– Hanno fame – ha detto Gina. – Voi no?

– Sì, ma non posso andare più veloce di così – ho detto. – Se volete, potete rincorrere gli altri. Io vi raggiungo più tardi.

– Io resto con te – ha detto Ottilia. – Vuoi che ti dia il braccio?

– Non è il caso.

– Resto anch'io con voi – ha detto Gina.

Gina è un po' invidiosa di Ottilia, perché vorrebbe essere lei la mia migliore amica. Ma cambia idea ogni momento, e le sue amiche migliori le cerca nelle altre classi.

– Perché stai sempre con Ottilia? – mi ha chiesto una volta.

– Perché la conosco da quando andavamo all'asilo – le ho risposto.

– Ottilia è un po' pettegola.

– Con me, mai.

– Non ti sfrutta?

– Cosa vuoi dire?

– Insomma, non ti chiede le gomme da masticare, non pretende che tu le faccia i compiti, non ti domanda in prestito matite e penne?

– Ottilia non mi chiede niente.

– Vi vedete anche a casa?

– Qualche volta vado io da lei e qualche volta viene lei da me.

– Anch'io vado a casa di Ester. Ci trucchiamo, ci raccontiamo i segreti e parliamo dei ragazzi. Lo fate anche voi?

Ma a questa domanda ho preferito non rispondere.

Le faccende tra me e Ottilia riguardano solo noi due.

– Guardate, guardate!

Quando Gina ha gridato, indicando qualcosa col dito, ci siamo fermate ai margini del bosco. E abbiamo visto anche noi.

Chiara era abbracciata a Tazio e Tazio la stava baciando vicino a un orecchio.

Io ho detto: – Su, andiamo via. Non ci interessa.

– Come, non ci interessa! – ha esclamato Gina. – Ma si stanno baciando.

– E con ciò? È una cosa che non ci riguarda.

Veramente la cosa mi incuriosiva, perché finora io non ho baciato né sono stata baciata da nessuno. Però mi sono messa nei panni di Chiara e ho pensato a come mi sentirei se qualcuno mi stesse spiando mentre bacio qualcuno.

– Aspettate, aspettate. Magari adesso si

baciano sulla bocca... Non ci posso credere. Quella santarellina di Chiara! Chi l'avrebbe detto? E si è scelta anche il più bello. E io che non mi ero accorta che quei due filavano! Vedrete cosa succede quando lo dico alle altre.

Io ho afferrato Gina per un braccio, l'ho trascinata via e le ho detto: – Tu non dirai proprio niente a nessuno.

– E perché non dovrei?

– Perché se provi a parlare, io e Ottilia ti smentiremo. Diremo che ti sei inventata tutto e che sei soltanto una bugiarda.

Ho guardato Ottilia, ho ottenuto un'occhiata di approvazione e ho continuato: – Perciò tieni la bocca chiusa e scordati ciò che hai visto.

– Che fai, mi minacci?

– Non voglio che Chiara diventi preda dei pettegolezzi dei nostri compagni.

– Non è la tua amica del cuore, mi sembra.

– Non vuol dire niente.

Gina ha strappato il braccio dalla mia

mano e ha detto: – Tu non puoi costringermi a fare quello che non voglio.

– Io ti consiglio di non provarci.

Ero davvero arrabbiata con Gina. Chiara è la bambina più timida della classe. E se Gina metteva in giro la voce che l'aveva vista baciarsi con Tazio, probabilmente non sarebbe più venuta a scuola. È vero, Chiara per me è solo una compagna. Ma non sopporto le spie e non mi piacciono quelli che provano gusto a ferire gli altri.

Gina si è messa a correre per raggiungere il resto della classe, e io ho chiesto a Ottilia: – Pensi che parlerà?

– Forse. Ma se mi strizzo il cervello e trovo un segreto che la riguarda, forse possiamo spaventarla e costringerla a tenere la bocca chiusa.

– Lascia perdere. Basterà dire che si è inventata tutto e che durante il ritorno verso il campo è sempre stata con noi. Su, cerchiamo di raggiungerla.

– Ma se hai detto che non puoi correre!

– Sto meglio. Andiamo.

E mentre correvo zoppicando per tornare al campo, rivedevo il viso paffuto di Chiara che Tazio accarezzava.

Quando ci siamo seduti a mangiare sotto le tettoie, il cielo ha cominciato ad annuvolarsi. Dovevamo rimanere al campo almeno un altro paio d'ore, ma mi sembrava di aver già vissuto le emozioni più forti della giornata.

– Vuoi uno dei miei panini? – ho chiesto a Ottilia.

– Volentieri. Ho una fame che mangerei anche le pietre.

– Tra poco arrostiremo le patate e cuoceremo i würstel – ha detto Sinbad. – O siete troppo stanchi per farlo?

Ma le nostre bocche erano troppo occupate a masticare perché qualcuno lo degnasse di una risposta.

CAMPO SALGARI: NUMERO SEI

Anch'io avevo portato dei würstel. Ma non avevo voglia di infilzarli sulla punta di un ramo per cuocerli al fuoco di un falò acceso in uno spiazzo davanti alle tettoie.

– Dov'è Gina? – ho chiesto a Ottilia.

– Non lo so.

Chiara mangiava da sola, lontana da Tazio, e aveva gli occhi raggianti e le guance infuocate. Si può essere felici perché gli altri lo sono? Qualche volta sì. Ero contenta per Chiara, anche se ero un po' sorpresa. Cosa si prova a essere baciati? È vero che ti senti tremare tutta, che ti brontola la pancia e ti ronzano le orecchie? A questo punto bisognerebbe chiederlo proprio a Chiara. Ma, naturalmente, non lo farò. Però l'ultimo giorno di scuola, prima di salutarci, chissà. Adesso pensiamo a bloccare Gina e la sua voglia matta di fare la pettegola e la spia.

– Ottilia, sono contenta che tu sia la mia migliore amica.

– Anch'io, Valentina, sono contenta che tu sia la mia.

– Ci somigliamo abbastanza come carattere noi due.

– Non credo proprio. Tu sei molto più coraggiosa di me. Se fosse successo a me l'incidente sul ponte, credo che mi sarebbe venuto un infarto e mi avreste riportata a casa in barella.

– Ci sono cose più importanti, Ottilia. Come, per esempio, il fatto che sei d'accordo con me nel difendere Chiara dalle grinfie di Gina.

– Ah, questo sì. Però, quella Chiara... Chi l'avrebbe detto?

Il pomeriggio è trascorso veloce. Abbiamo tirato con l'arco, ci siamo spenzolati dalla scala di corda e ci siamo lanciati a testa in giù sui materassi.

– Ragazzi, è ora di tornare a scuola – ha detto a un certo punto il maestro.

Ciascuno di noi ha radunato le sue cose, ha fatto pulizia nel proprio zainetto ed è andato a mettersi in fila senza protestare.

Eravamo tutti così stanchi che abbiamo ascoltato in silenzio il saluto degli istruttori.

– Spero che abbiate passato una bella giornata e che la ricorderete a lungo – ha detto Sinbad. – Per un giorno siete stati lontani dalla periferia dove abitate, dagli androni dove andate a giocare, dai marciapiedi sporchi. Come avete visto, le colline sono a due passi e la domenica potete venire a Campo Salgari con i vostri genitori. Non si paga, si può passeggiare nel bosco e annusare il profumo dell'aglio selvatico. Meglio questo che gli scarichi delle auto. In conclusione, credo che possiamo essere tutti soddisfatti, no? Non sono successi gravi incidenti, a parte lo scivolone di Valentina.

A queste parole, tutti si sono girati a guardarmi. Ma io ho fatto l'indifferente e non sono arrossita.

– Stasera andrete a letto prima e dormirete a lungo – ha ripreso Sinbad.

E guardando Ringo, ha aggiunto: – Complimenti. Credevo che avresti disturbato di più, invece, tutto sommato, ti sei comportato bene.

Ringo ha sorriso e ha detto: – Però sono riuscito a mangiare un panino prima dell'ora di pranzo.

– Non ci credo – ha detto Sinbad.

Ringo ha alzato le spalle e non ha aggiunto altro.

– Ciao, ragazzi – ha concluso Sinbad.

Quando ha messo una mano in una delle tasche della sua tuta mimetica, ho pensato che stesse cercando un fazzoletto per soffiarsi il naso.

Invece ha tirato fuori una sigaretta e l'ha accesa.

Allora io gli ho detto: – Attento ai polmoni, Sinbad. Non basta annusare l'aglio per tenerli puliti.

– Grazie per avermelo ricordato, Valentina.

E, con mia sorpresa, ha spento la sigaretta e l'ha schiacciata sotto un piede.

Alle sei ero a casa e, appena entrata, sono crollata in poltrona. – Stanca, Valentina? – mi ha chiesto mio padre.

– Sono sfinita.

– Scommetto che hai voglia di infilarti in una vasca d'acqua calda – ha detto mia madre.

– Hai indovinato.

– Vai, è già pronta.

Nella vasca sono rimasta un bel po' e ho anche rischiato di addormentarmi. Ma quando sono uscita fuori, mi è venuta una gran fame.

– Cosa c'è da mangiare? – ho chiesto a mia madre.

– Pasta al forno.

– Dammene una porzione doppia.

Sono andata a letto all'ora in cui ci va mio fratello, e quando Luca mi ha chiesto: – Ti sei divertita, vero? – gli ho risposto: – Tu che ne dici?

Poi ho chiuso gli occhi, ho provato a ripensare alla giornata trascorsa, ma non ce l'ho fatta, perché mi sono immediatamente addormentata.

MAL D'ORECCHI. «LASCIA PERDERE, VI»

Stamattina Ottilia è arrivata a scuola con gli occhi cerchiati.

– Hai dormito poco? – le ho chiesto.

– Quasi niente.

– Come mai?

– Ho avuto male a un orecchio per tutta la notte. Mi sembrava di impazzire.

– Sarà un'otite. Ti conviene andare da un medico.

– I medici mi terrorizzano, Valentina. Specie quando ti prescrivono le punture. Mi ricordo che da piccola andavo a chiudermi a chiave nello stanzino quando arrivava l'infermiera per farmele. «Ottilia, vieni fuori», mi implorava mia madre. «Solo se va via quella donna», replicavo io. Quella donna, cioè l'infermiera, faceva l'offesa e diceva: «Nessuno fa le punture come le faccio io. Ho un tocco talmente delicato...». Delicato! Per me la siringa tra le sue dita era come una freccia avvelenata. Ogni volta che veniva a casa mia, avevo l'impressione che volesse uccidermi. Aveva una faccia! E tu, cosa ne pensi delle iniezioni?

– A me le fa mia madre. E lei ha veramente un tocco delicato. Se un giorno vuoi provarlo...

– No, grazie. Spero proprio che inventino presto qualcosa che sostituisca per sempre le punture.

– Comunque per il mal d'orecchi basteranno le gocce.

– Lascia perdere, Vi.

– Come hai detto, scusa?

– Ho detto lascia perdere.

– Come mi hai chiamata?

– Ti ho chiamata Vi. È l'iniziale del tuo nome.

– È la prima volta che mi chiami così.

– Non ti piace?

– No, anzi, è carino. Io come dovrei chiamarti? O?

– Perché no?

– Va bene, O. Prova a ripetere la poesia che dovevamo imparare per oggi.

– E chi ce la fa a recitarla? Mi si chiudono gli occhi. E poi non c'era solo il mal d'orecchi a tenermi sveglia, stanotte. Si sono messi anche i vicini del piano di sotto. Hanno un bambino di pochi mesi e lo hanno lasciato piangere per ore. Sono dei criminali. Ci voleva tanto a mettergli un succhiotto in bocca?

– Forse aveva anche lui mal d'orecchi.

– Poverino, spero proprio di no.

LITIGI NELLA NOTTE

Anch'io ho dei vicini che a volte mi tengono sveglia la notte.

Sono marito e moglie e sembra che aspet-tino l'ora di andare a letto per mettersi a litigare.

Il guaio è che dalla mia camera si sente proprio tutto. È come se non ci fossero le pareti. Così posso seguire ogni parola delle loro discussioni.

Se devo dire la verità, un po' mi vergogno. Ma non è colpa mia. Non posso tapparmi le orecchie per causa loro.

Di solito comincia lei.

– Perché sei arrivato in ritardo stasera?

– Mi sono trattenuto in ufficio per lavoro.

– È davvero così, o mi nascondi qualcosa?

– Che cosa dovrei nasconderti?

– Che forse hai un'altra donna.

– Non scherzare. Lo sai che ti voglio bene. Sei la mia principessa, come devo ripetertelo?

La discussione va avanti per un bel po', poi lui si mette a urlare e lei comincia a piangere.

Secondo me, lui è un po' bugiardo. Dalla voce si capisce benissimo che certe frasi le dice solo per accontentare la moglie.

La donna si chiama Eleonora, e qualche volta scambiamo due chiacchiere da balcone a balcone.

L'altro giorno, per esempio, stavo stendendo la mia biancheria e quella di mia madre. Eleonora si è affacciata al balcone e mi ha detto: – Bella giornata, vero, Valentina?

– Sì, finalmente. Non se ne poteva più di tutta la pioggia che è venuta giù nei giorni scorsi.

– Come stai?

– Bene, grazie. E tu?

A questa domanda Eleonora ha scrollato la testa e mi ha risposto: – Così così.

Quando la gente risponde così così, vuol dire che non gli va per niente bene.

Allora ho chiesto a Eleonora: – Come mai non hai ancora un figlio?

– Perché non mi sento pronta ad allevarne uno – mi ha risposto.

– Non è poi così difficile.

– Lo dici perché sei ancora una bambina. Comunque, ci penserò.

– Vuoi dire che ci penserete tu e tuo marito.

– Oh, lui non è ancora cresciuto. Figuriamoci se è in grado di crescere un figlio. Attenta alle scelte che fai quando sarai una donna, Valentina. Ma voi bambine oggi siete così precoci, che magari hai già il ragazzo.

– Eleonora, io non ho proprio nessuno.

– Meglio così.

Non lo so se è meglio così. Ma certo Eleonora non mi incoraggia a vedere la vita in rosa. Perciò le ho detto: – Eleonora, non ho mai conosciuto una donna carina come te. Se poi ridi e sei allegra, diventi bellissima. Te lo garantisco.

– Grazie, Valentina. Avevo proprio bisogno di un complimento per tirarmi su. Anche tu sei carina e sono certa che diventerai una bellissima ragazza.

ATTENTA, ZIA ELSA!

Ragazza, donna... E chi ci pensa a diventare donna? Per il momento sto bene così. Sono un po' magrolina, ma non me ne importa molto.

– Se non mangi di più, diventerai pelle e ossa – mi dice mio fratello ogni volta che ci sediamo a tavola.

Io lo guardo e alzo le spalle. Secondo me mangio fin troppo. Se non ingrasso, è colpa della mia costituzione. Ma credo che dipenda anche dal fatto che mi muovo parecchio.

A scuola corro come una matta quando andiamo in palestra e in cortile, e da alcune settimane seguo un corso di nuoto in una piscina vicino a casa mia.

– Perché non vieni a nuotare con me, zia Elsa? – ho detto un paio di giorni fa alla zia.

– Muoverei tanta di quell'acqua da svuotare la piscina.

– Sei la solita esagerata, zia.

– Valentina, quando passo davanti allo specchio non posso chiudere gli occhi. E neanche quando metto i piedi sulla bilancia.

– Hai mai pensato di metterti a dieta, zia?

– Cerco di controllarmi quando mangio. Ma non ho intenzione di digiunare e di ritrovarmi in una bara. Con le diete sai dove cominci, ma non sai dove vai a finire. Non ne starai facendo una anche tu, spero!

– Che dici, zia? L'unica cosa che evito di mangiare è la carne. Ma solo perché non mi piace. Preferisco il cioccolato.

– Per me contiene troppe calorie. A ogni quadretto che ne mangio, metto su un chilo.

Io mi sono messa a ridere e a un certo punto ho chiesto alla zia: – Zia, cosa fai di sera con Paride?

La zia dapprima è rimasta in silenzio, poi ha mormorato: – Nipotina, ti sembra una domanda da fare?

Allora mi sono affrettata ad aggiungere: – Zia, cosa hai capito? Io volevo sapere se per caso discutete ad alta voce o bisticciate.

– Grazie al cielo siamo ancora innamorati come due colombi. In fondo siamo sposati da poco. C'è tempo per cominciare a litigare. Perché mi hai fatto questa domanda?

– Per metterti in guardia. Le pareti delle stanze sono sottili come fogli di carta e i vicini di appartamento sentono tutto. Si sente anche quando di notte tirano lo sciacquone.

– Lo so, lo so. Non c'è più intimità. Le case di una volta erano molto più robuste e uno poteva soffiarsi il naso senza paura di disturbare gli altri. Comunque, grazie per avermelo ricordato, nipotina.

LA CASA DEI NONNI

Le case di una volta! Penso che la zia alluda a case come quella dei nonni.

I miei nonni vivono in una grande casa in campagna e i muri sono veramente solidi e robusti.

– Nonno, questa casa resisterebbe a un terremoto – dico ogni volta che andiamo a trovare lui e la nonna.

– Bisognerebbe fare la prova – dice lui.

Ma la nonna si fa il segno della croce e dice: – Antonio, non scherzare su questi argomenti.

Mia nonna è molto superstiziosa e guarda con sospetto anche la gallina nera che ha nel pollaio. Eppure è la gallina che fa più uova.

– Non posso farci niente, Valentina – mi dice. – È più forte di me.

– Eh, Giuseppina, Giuseppina, non dai un buon esempio ai tuoi nipoti – dice il nonno. – Con la superstizione non si va lontano. Tu sei superstizioso, Luca?

Luca, probabilmente, non sa nemmeno che cosa voglia dire la parola superstizione. E ogni volta che il nonno gli fa questa domanda, lui alza le spalle e dice: – Vado fuori a giocare.

In realtà, più che superstizioso, mio fratello è uno che ha un sacco di paure.

Per esempio, prima di coricarsi, dà sempre un'occhiata sotto il letto.

Una volta gli ho chiesto: – Perché guardi sotto il letto prima di andare a dormire?

– Controllo che non ci sia troppa polvere.

Che risposta ridicola! Secondo me lo fa perché ha paura che ci sia qualche mostro.

Lo facevo anch'io fino a un paio d'anni fa. Anzi, siccome non voglio dire bugie, vi confesso che ogni tanto lo faccio anche adesso.

A volte, quando mi alzo di notte per andare in bagno, ho l'impressione che qualcuno strisci da sotto il letto e mi segua nascondendosi nel buio.

A volte mi sembra che qualcuno esca dal letto...

Comunque, andare dai nonni mi piace.

Mio nonno e mia nonna sono molto diversi. Ed è per questo, credo, che vanno d'accordo e stanno bene insieme.

– Non ci sono bambini da queste parti? – ho chiesto un giorno a mia nonna.

– Si vedono solo d'estate, quando una famiglia romana viene a occupare quella casa a ridosso del bosco. Arrivano con figli e nipoti e il baccano si sente fin qui.

Nella casa dei nonni c'è una soffitta dove non sono mai salita. Né loro mi hanno mai invitata a farlo. Ma prima o poi, un'occhiata voglio dargliela.

– Vieni, Luca, ti faccio un bell'uovo sodo – dice la nonna.

Luca è un patito delle uova sode. Io, invece, preferisco ascoltare le storie che mi racconta il nonno. Ha così tante esperienze dietro le spalle, che quando comincia a raccontare, non la smette più.

– Hai avuto una vita travolgente, nonno – gli dico.

– Proprio così, Valentina. In settant'anni ne succedono di cose. E molte di più se ne sentono.

– Oggi i nonni non raccontano più storie ai loro nipoti – ha detto l'altro giorno il maestro.

– Ti sbagli – ho detto io. – Mio nonno me le racconta ogni volta che vado a trovarlo.

– Allora perché non le racconti anche a noi?

– Prima o poi lo farò.

COME SI SCRIVE UN LIBRO?

Voi andate volentieri a scuola? Io sì. La maggior parte dei miei compagni sono dei tipi a posto.

Forse Enrico... Be', Enrico ci dà un po' sui nervi.

Io lo so che è intelligente. Anzi, lo è troppo. Perciò ha quasi sempre la risposta pronta e non dà il tempo agli altri di riflettere e di rispondere.

– Qualcuno sa cos'è una cometa? – ha chiesto l'altro giorno il maestro. Enrico, senza nemmeno alzare la mano, ha risposto a razzo: – Le comete sono come delle palle di neve sporca e il loro diametro può raggiungere anche i cento chilometri. Inoltre quanto più una cometa si avvicina al Sole, tanto più la palla di ghiaccio si riscalda e una parte del suo materiale si trasforma in vapore. Nel punto della sua orbita più vicino al Sole, una cometa può perdere ogni secondo fino a centinaia di tonnellate di materia…

E avrebbe continuato, se il maestro, stupito, non lo avesse fermato. In pratica deve averci dato la definizione di cometa che ne dà un libro specializzato.

– Ha parlato l'enciclopedia tascabile – ha mugugnato Giulia, che aveva alzato anche lei, inutilmente, la mano.

Oppure, mettiamo che il maestro chieda, come ha fatto la settimana scorsa: – Secondo voi, qual è il contrario più accettabile di *rigido*?

Enrico, battendo tutti gli altri sul tempo, ha detto precipitosamente: – Io direi che il più giusto è *flessibile.*

Flessibile. Questo aggettivo lo conosco anch'io. Ma non mi sarebbe venuto in mente al primo colpo.

Enrico è come una macchina piena di pulsanti. Tu ne schiacci uno, e lui ti spara una risposta immediata e precisa.

Forse penserete che sono un po' invidiosa. Invece non è così. È lui che è un po' presuntuoso e toglie la parola agli altri.

– Non lo sopporto – mi dice Ottilia. – Come fa a sapere tante cose?

Io forse lo so. A Enrico piace leggere ogni genere di enciclopedie e di manuali che riguardano il cielo e la terra, il mare e l'aria, i mammiferi e i pesci, il fuoco e la chimica.

È come se tutto, ma proprio tutto, lo interessasse.

Io preferisco leggere storie, racconti, romanzi. Mi piacciono le avventure della gente che vive come me oppure in modo diverso dal mio. Mi piacciono i discorsi e i dialoghi, perché poi li confronto con quelli che faccio io. Mi appassionano a tal punto che ho pensato di volerlo scrivere io un libro.

Come si scrive un libro? È necessario essere dei geni per farlo? Bisogna avere una intelligenza mostruosa?

– Ma no – mi ha risposto il maestro quando gliel'ho chiesto. – Per scrivere un libro bisogna essere curiosi.

– E basta?

– Bisogna anche essere capaci di mettersi nei panni degli altri, di pensare con la loro testa e di vedere il mondo con i loro occhi. Capisci?

– Più o meno.

– Perché non provi a metterti nei miei panni? Fa' finta di essere me, ragiona come ragiono io e guarda la vita come la guardo io.

– Ci proverò.

SONO UN MAESTRO

Ci ho veramente provato. Infatti un giorno, tornata a casa, sono andata a chiudermi nella mia camera e ho scritto un testo intitolato *Sono un maestro.*

Ecco cosa ho scritto:

Se uno mi chiedesse: «Ti piace il mestiere che fai?» io risponderei: «Sì, certo».

Quando entro in classe la mattina, sono sempre contento. Leggo libri, ascolto le storie dei bambini, mi interesso alle loro raccolte di figurine. E mi piace quando vengono a raccontarmi i fatti che succedono loro e le preoccupazioni che hanno.

A volte mi raccontano anche i loro segreti e mi raccomandano di non dirli a nessuno.

– Li terrò dentro di me come in una cassaforte – li rassicuro.

Qualche volta devo risolvere dei bisticci e separare due che litigano.

Io cerco di farli ragionare. E quando proprio non ci riesco, mi arrabbio e dico: – Quanto tempo ci vuole perché impariate a non alzare le mani?

Prendiamo Rinaldo. Non solo alza le mani, ma tira anche calci, dà spintoni e persino gomitate. Inoltre tira fuori una sfilza di parolacce che in parte esistono, in parte sono inventate.

A ogni modo con i bambini sto meglio che con gli adulti. Se hanno una cosa da dire, te la dicono. Io gliela lascio dire. Infatti nella mia classe tutti hanno diritto di parola.

Mia moglie, che si chiama Giulietta e fa anche lei la maestra, la pensa come me. Anche se a volte mi dice: – Non credo che i professori in futuro permetteranno loro di esprimersi con tanta libertà.

Io però credo che sia giusto fare così.

In certi momenti, quando sono proprio

stanco, vorrei gridare: «Bambini, basta discutere! Si fa così e basta!».

E in qualche occasione lo faccio. Ma il sistema, nell'insieme, funziona bene. Ai bambini piace. Lo capisco quando li vedo entrare in classe tutti affannati perché hanno fatto le scale e il corridoio di corsa, ma contenti.

Quando andavo io a scuola, avevo spesso il mal di pancia. Chissà perché!

– Che te ne pare? – ho detto al maestro consegnandogli il mio testo.

Lui lo ha letto, ha sorriso sotto i baffi e ha detto: – Ottimo, Valentina. Sei un'ottima osservatrice. Come ti è venuta in mente la frase che hai messo in bocca a mia moglie?

– Ho tirato a indovinare.

– E hai proprio indovinato. Quelle parole Giulietta me le ripete ogni volta che terminiamo di cenare.

SAMUEL

A Tazio ho già accennato. In pratica è l'innamorato di Chiara, anche se loro cercano di non darlo a vedere.

Mi sembra giusto. Uno, quando si innamora, sono fatti suoi e di nessun altro.

Tazio è un bambino fantastico. Con questo non voglio dire che vorrei che si innamorasse di me o che io potrei innamorarmi di lui.

Dico solo che ha un carattere che mi piace. È allegro, non prende mai in giro gli altri, non picchia e non ha mai fatto la spia, che io sappia.

Tazio inoltre si interessa degli altri e non ti dice mai di no, se hai bisogno di aiuto.

Prendiamo Samuel.

Samuel è nella nostra classe da tre anni. È più grande di noi, ma sembra molto più piccolo. Infatti è costretto a vivere su una sedia a rotelle e non può parlare. Il maestro ha provato a spiegarci come è successo, ma noi non abbiamo capito molto.

Io però ho capito subito che Samuel capisce tutto e quando vuole dire qualcosa usa gli occhi, le mani e certi suoni che fa con la bocca.

E sapete con chi sta meglio Samuel? Avete indovinato: con Tazio.

– Samuel, che ne dici di fare venti metri in dieci secondi?

Quando Tazio fa questa proposta, Samuel è felice.

Allora Tazio va a mettersi in cima al corridoio, chiede ai bambini di sgombrare la pista, afferra i manici della carrozzella e si lancia in una corsa pazza fino all'ascensore. Samuel urla e sgrana gli occhi, mentre io ho paura che la carrozzella si ribalti e finisca giù per le scale.

– Datti una calmata – ho detto un giorno a Tazio. – Lo sai cosa succede se non riesci a frenare in tempo?

– Valentina, so quello che faccio.

Io guardo Samuel, lo vedo tremante e felice, e penso che Tazio sa esattamente quello che Samuel desidera.

Quando andiamo in cortile, facciamo a turno nello spingere la carrozzella di Samuel.

Ieri, per esempio, è toccato a me. Ottilia era assente e io ho spinto la carrozzella di Samuel vicino a una panchina.

Samuel era un po' triste, e ho cercato di distoglierlo dai suoi pensieri.

– Sta per arrivare la primavera – gli ho detto. – D'ora in avanti verremo più spesso in cortile. Ma a te scommetto che piacciono di più le corse con Tazio nel corridoio.

Samuel ha abbozzato un sorriso, ma poi è tornato triste di nuovo.

– Perché sei malinconico? – gli ho chiesto. – Pasticci in casa? Tua sorella ti ha rimproverato? Hai avuto mal di denti anche stanotte?

I mal di denti di Samuel sono terribili. Quando gli vengono, piange da far pietà.

Un giorno Tazio e io gli abbiamo detto: – Se tua madre non si decide a portarti dal dentista, finisce che ti portiamo noi e il maestro.

Ma ieri Samuel non aveva mal di denti. Guardava i nostri compagni che giocavano a pallone e le bambine che giocavano a campana tenendosi le gonne e i vestiti con una mano.

Allora ho buttato lì: – Non sei mica triste perché questo è l'ultimo anno che stiamo insieme!

Samuel ha chiuso gli occhi e ha stretto le labbra. E così ho capito che avevo indovinato. Perciò gli ho messo un braccio sulle spalle e ho guardato insieme a lui gli altri che giocavano.

UN ALBUM DI FIGURINE. UNO STRUZZO AL POSTO DI UNA GIRAFFA

– Ho un regalo per te – ho detto oggi a Sergio, arrivando da lui verso le cinque.

Genoveffa è schizzata via dicendo: – Starò via meno di un'ora, Valentina. A più tardi.

Io ho seguito Sergio nel soggiorno stringendo in mano una cartella di plastica.

– Che cosa mi hai comprato? – mi ha chiesto Sergio, cercando di nascondere la sua curiosità.

– Indovina.

– Io non so indovinare.

– Non hai fantasia?

– Perché non la smetti di parlare e non mi dai il regalo?

– Perché non mi piacciono i bambini scorbutici e maleducati.

– Sei una sciocca.

– D'accordo. Il regalo te lo puoi sognare.

Sergio ha stretto i pugni e mi ha guardata con occhi pieni di rabbia.

– Perché sei sempre così furioso? – gli ho chiesto.

Sergio ha abbassato gli occhi e ha risposto: – Mi sono scottato.

– Dove?

– A questa mano.

E mi ha mostrato la mano destra tenendola aperta. Sul palmo si era formata una vescica e mi sono meravigliata che Genoveffa non mi avesse detto niente.

– Ti fa molto male?

– Sì. Perché è così gonfia?

– Perché dentro si è formato del liquido. Se vuoi, ti aiuto a bucare la pelle e a farlo uscire.

Sergio ha nascosto la mano dietro la schiena e ha detto: – Non ci provare.

– Te l'ho detto perché io sono brava a medicare le ferite.

– Me lo fai vedere questo regalo, sì o no?

– Vieni, andiamo a sederci sul divano.

Ho aperto la cartella, ho tirato fuori un album e quattro buste di figurine, e ho chiesto a Sergio: – Sei capace di attaccarle da solo?

Sergio ha annuito, ha lacerato le bustine e ha cominciato ad attaccare le figurine a caso.

– Piano, piano, cosa fai? – ho detto. – Stai sbagliando tutto. Devi controllare il numero che c'è dietro la figurina e metterla al posto giusto.

Ma Sergio ha continuato a incollare le figurine senz'ordine. Erano figurine di animali e lui non le guardava neppure prima di appiccicarle in alto o in basso, a sinistra o a destra.

– Ma non lo vedi che quello è uno struzzo? Lo hai messo al posto di una giraffa... E quello è un cardellino, ha le ali, vola, non c'entra niente con la balena!

– Sai attaccare le figurine da solo?

– Le figurine sono mie e ne faccio quello che voglio – mi ha detto a un certo punto.

E io l'ho lasciato fare. Contento lui…

– Certo, hai fatto un gran pasticcio – ho detto quando ha finito di incollare tutte le figurine. – Ma l'album è bello lo stesso.

Sergio si è messo a sfogliare l'album in silenzio ed è stato più tranquillo del solito. E quando sua madre ha infilato la chiave nella toppa, mi ha mormorato: – Grazie per l'album. Ma ci sono poche figurine.

COMPUTER E FLOPPY DISK

Mi piace ricevere regali. Ma mi piace anche farne. I soldi che guadagno facendo da babysitter al figlio di Genoveffa mi servono anche per questo.

La settimana scorsa, per esempio, ho comprato un foulard per mia madre.

– È bellissimo, Valentina – mi ha detto lei abbracciandomi. – È proprio del colore che preferisco.

– Mamma, conosco bene i tuoi gusti.

– Hai speso molto?

– Non preoccuparti, il mio salvadanaio è ancora pieno.

Con i miei soldi compro anche delle cose per me. Di solito vado ad acquistarle con Ottilia. Non lontano da casa mia c'è un centro commerciale, e un pomeriggio la settimana Ottilia e io andiamo a farci un giro.

– Dici che sono d'oro vero quegli orecchini, Vi?

– Per quello che costano, direi di sì, O.

– Cosa vuoi comprare?

– Non ho ancora deciso. Diamo un'occhiata in giro.

E dando un'occhiata in giro, provo a vedere cosa posso comprare con cinque euro.

L'altro giorno ho lasciato perdere i fermacapelli, gli anellini, i quaderni con la spirale, le penne con l'inchiostro a gel e mi sono diretta verso il reparto dove si vendono telefonini, stereo e altre apparecchiature elettroniche.

– Cos'hai in mente di acquistare? – mi ha chiesto Ottilia.

– Dei floppy disk – le ho risposto.

– E a che ti servono?

– A conservare delle storie.

Da alcuni mesi, infatti, a casa mia è entrato il computer. Mio padre lo ha acquistato dietro mia insistenza, ma si è raccomandato: – Usalo con giudizio e vedi se riesci a interessare anche tuo fratello.

Mio fratello, però, preferisce i giochini elettronici da tenere in tasca o da mettere in cartella.

Perciò al computer mi dedico solo io. Mi piace ribattere le storie che scrivo sul quaderno. Scelgo sempre dei caratteri molto grandi.

Insomma, sono diventata abbastanza esperta.

– Come fai a imparare così in fretta? – mi chiede mia madre.

– Basta averne voglia – le rispondo io.

una velocità supersonica. Un po' perché ne ho voglia, un po' perché abbiamo una nuova insegnante che conosce bene la lingua e non ci annoia per niente.

Si chiama Jill, e, quando è arrivata in classe, ha fulminato soprattutto i maschi.

Jill, infatti, è alta, slanciata e ha un sorriso che ti affascina. Si capisce subito che è una che ha voglia di vivere.

– *Good morning, children.*

– *Good morning, Jill.*

– *It's a lovely day today, isn't it?*

Sì, è proprio una bella giornata, Jill.

Mi ricordo la prima volta che Jill entrò in classe.

– Che cosa volete imparare? – ci chiese.

– Io voglio sapere come si dice "uffa, che barba!"

– Io voglio sapere come si dice "chiudi il becco".

– Io voglio sapere come si dice "sono proprio stufo di andare al nuoto tutti i pomeriggi".

– Io voglio sapere come si dice...

– Calma, ragazzi, calma. Anzi, *keep quiet, please. I'll do my best so that you can enjoy your English lessons.*

Poi cominciò a tradurre le frasi e i modi di dire che i miei compagni volevano conoscere. Li scrisse alla lavagna e da quel giorno cominciai ad annotarli su un grande quaderno, per averli sempre a portata di mano.

I'm lost
(Mi sono perso)
Have a good time
(Buon divertimento)
Fancy that!
(Carino)
Shut up!
(Silenzio!)
Sorry, the number is engaged
(Mi dispiace, il numero è occupato)

– Non credevo che imparare una lingua straniera potesse essere così divertente – mi disse subito Ottilia. – Jill ci sa proprio fare.

TWINKLE, TWINKLE, LITTLE STAR. AMBARABÀ CICCÌ COCCÒ

Eccome se ci sa fare!

Un giorno ci portò il testo della canzone dei Beatles *Yellow Submarine,* più una cassetta dove l'aveva registrata.

E passammo quasi un'ora a cantarla senza stancarci.

Un'altra delle passioni di Jill sono le *Nursery Rhymes*. Per chi non lo sapesse, si tratta di poesie, filastrocche, conte eccetera. Molte sono diventate anche canzoncine per bambini.

La prima che Jill ci insegnò fu questa:

Go to bed, Tom, (Fila a letto, Tom,)
Go to bed, Tom, (Fila a letto, Tom,)
Tired or not, Tom, (Stanco o no, Tom,)
Go to bed, Tom. (Fila a letto, Tom.)

E la seconda fu:

Twinkle, twinkle, little star
(Luccica, luccica, stellina,)
How I wonder what you are
(Cosa fai vorrei sapere)
Up above the world so high
(Così alta sopra la terra)
Like a diamond in the sky.
(Come un diamante nel cielo.)

Un giorno le chiesi: – Quante ne conosci, Jill?

– Tantissime, e sono tutte molto belle.

A volte ne recito qualcuna a mio padre. Ma lui, pur apprezzando il mio inglese, dice: – D'accordo. Ma vuoi mettere *Ambarabà ciccì coccò, tre civette sul comò... eccetera eccetera?*

– Cosa c'entra, papà?

– C'entra, c'entra. Vuol dire che non abbiamo niente da invidiare agli inglesi. Almeno per quanto riguarda le filastrocche.

IL MITE GIANNI

Il nome Gianni, non so perché, mi fa pensare a un bambino capriccioso o a un ragazzo scapestrato. Nella nostra classe, invece, si chiama Gianni un compagno che non è né capriccioso, né scapestrato.

Anzi, è tutto il contrario. Gianni è un po' grasso, se ne sta sempre da solo e si vergogna di tutto.

Studia molto, fa i compiti senza saltarne uno e non gioca quasi mai con gli altri. E se una bambina lo sfiora senza volerlo, diventa rosso come un pomodoro maturo.

Tutti i maschi si vantano di avere cento fidanzate. Gianni, invece, non ne ha mai avuta una.

Una volta l'ho sentito che diceva a Tazio:
– Io non valgo niente. E poi sono brutto.

Tazio, che è suo vicino di banco, è l'unico che gli è davvero amico. Tratta Gianni come un fratello, e quando Gianni, che è distratto, ha la camicia sbottonata o la cerniera dei pantaloni aperta, glielo fa notare dicendogli: – Attento!

Gianni fa sì con la testa e non si offende.

– Sei un vero amico – gli ha detto un giorno.

Tazio ha proposto: – Perché non vieni a casa mia qualche volta?

– Dove abiti?

– Dalle parti di Piazza Vittorio.

– È dalla parte opposta della città.

– Non sei capace di prendere un pullman?

– No, è che non mi lasciano mai uscire da solo.

– E tu ribellati.

– Ci proverò.

– Se vieni un sabato pomeriggio, possiamo giocare un po' con la playstation, mangiamo qualcosa e poi ci facciamo un giro in bici in collina.

– Io non ho la bici.

– Ti presto quella di mia sorella. Il sabato va sempre a trovare il suo ragazzo e non la vediamo fino all'ora di cena.

– Siete molto liberi a casa vostra.

– I miei si fidano e non ci stanno troppo addosso.

Forse Tazio avrebbe dovuto precisare che sua madre non gli sta troppo addosso. Infatti il padre è sempre in giro per il mondo e passa più tempo in aereo che non a terra.

Credo che da quel giorno Gianni sia andato più volte a casa di Tazio. E adesso guai a chi fa qualche scherzo al suo compagno. Probabilmente, anche uno pauroso come lui si metterebbe a fare a pugni per difenderlo, se ce ne fosse bisogno.

Ma Tazio non l'ho mai visto fare a botte con nessuno. Lui risolve tutto con un sorriso o una battuta.

Non mi meraviglio che Chiara lo adori e si sia lasciata baciare da lui a Campo Salgari.

Perciò sono contenta di essere riuscita a bloccare Gina, che su quel bacio chissà quale romanzo avrebbe creato.

UN BIGLIETTO SENZA FIRMA

A quanto pare non sono stata abbastanza convincente con Gina.

Infatti stamattina, appena arrivata a scuola, ho visto Chiara in lacrime. Ottilia mi è venuta incontro e mi ha detto: – Leggi questo.

Mi ha dato un bigliettino spiegazzato, e ho letto: «*Vi piacciono le storie d'amore? Allora sappiate che ce n'è una in corso proprio nella nostra classe. Tazio e Chiara si amano. Non solo. Si baciano anche appassionatamente. Dove? Provate a indovinarlo!*».

Ovviamente il biglietto non era firmato, ma io sono andata subito da Gina e le ho chiesto: – Ne sai niente, tu?

– Non so di cosa parli – mi ha risposto.

– Parlo delle bugie che hai scritto.

– Non sono bugie – ha replicato. Ma si è morsa subito un labbro.

– Mi avevi promesso che avresti tenuto la bocca chiusa.

– Quante storie! Quella smorfiosa fa tanto l'ingenua, invece...

Cosa potevo fare? Ho deciso di scrivere un altro biglietto che diceva: *«Sono sempre io. Chiedo scusa a Chiara, perché mi sono comportata da sciocca. Le cose che ho detto nell'altro biglietto sono solo bugie...»*

Naturalmente per scrivere il biglietto ho adoperato la stessa macchina da scrivere usata da Gina. Ne abbiamo una nella biblioteca della scuola e possiamo usarla quando ci pare.

Il biglietto ha cominciato a circolare e Gina, dopo averlo letto, è venuta a dirmi: – Sei stata brava, non c'è che dire. Perché difendi tanto Chiara?

– E tu perché la attacchi?

– Non ti riguarda.

Io invece credo di avere capito perché Gina ce l'ha con Chiara. Probabilmente è solo invidiosa e vorrebbe che Tazio i baci li desse a lei.

Ma uno certe attenzioni deve sapersele guadagnare. E poi in queste faccende non si capisce mai perché uno oggi ti vuole bene e domani smette di volertene. Sono troppo complicate e per il momento preferisco non pensarci.

UN COMPUTER IN CLASSE

I genitori di Alex hanno regalato un computer alla classe e lo abbiamo subito messo al riparo nella camera blindata. Il computer viene prelevato la mattina, tenuto in classe tutta la giornata e riportato al sicuro al momento di andare a casa.

– Davvero un bel regalo – ha detto il maestro. – Come vogliamo usarlo?

– Io voglio disegnare.

– Io voglio giocare.

– Io voglio inavigare su Internet!

– Anch'io!

– Intanto stabiliremo dei turni – ha detto il maestro. – Lo useranno tre bambini al giorno, così nel corso della settimana ci passeranno tutti.

Le cose, però, non sono filate subito lisce. Due giorni fa, infatti, Rinaldo ha portato a scuola un floppy disk con un gioco molto violento.

Rinaldo e i suoi amici si sono anche messi a urlare mentre giocavano, e alle loro urla è accorso il maestro.

Dopo aver dato un'occhiata alle immagini sul computer, ha detto: – Niente da fare, ragazzi. Questi spettacoli nella mia classe non li voglio vedere.

– Ma è divertente, maestro!

– Non direi.

Rinaldo ha capito che non l'avrebbe spuntata, ha sbuffato, ha estratto il floppy disk dal lettore del computer ed è andato a giocare nel corridoio con una palla di carta.

Allora davanti al computer ci siamo sedute Ottilia e io. Lei ha detto: – Dai, insegnami a usare bene la tastiera. Io sono ancora di un'ignoranza abissale.

Per un quarto d'ora le ho mostrato le operazioni più comuni che si possono eseguire con i vari tasti. Infine ho aperto un programma di scrittura e ho scritto:

Cara Ottilia, sta per arrivare la primavera e io mi sento come un filo d'erba che è contento di crescere.

I LADRI ALL'OPERA

– E il mio zaino?

– E la mia cartellina?

– E il mio diario?

– E il nostro registratore?

– E il nostro vocabolario dei sinonimi e dei contrari?

Le voci dei miei compagni e quella del maestro si sono mescolate in una confusione assordante. Alla fine il maestro ha detto: – Basta, restiamo calmi.

Facile a dirsi. Qualcuno si è messo a piangere, qualcuno ha dato un pugno sul banco.

C'erano stati i ladri in classe, e non ci sembrava vero che si fossero portati via le cose alle quali tenevamo di più.

Anche il mio zaino aveva preso il volo. Ed era una fortuna che dentro ci fossero solo un quaderno nuovo e il mio portapenne.

Dalle altre classi sono arrivate le stesse grida e gli stessi lamenti, e i bidelli si affannavano a dire che il direttore era stato avvisato.

Come se questo potesse in qualche modo cambiare le cose.

– Da dove sono entrati?

– Dalla scala antincendio, è ovvio.

La porta che dava sulla scala era stata sfondata e non mi sono stupita che l'avessero scassinata con tanta facilità. Infatti è quasi tutta di plastica e di un metallo che si deforma facilmente.

Per fortuna la camera blindata aveva protetto, oltre al computer, il televisore, il videoregistratore, le bilance e la fotocopiatrice.

Quando siamo rientrati in classe, eravamo tutti mogi.

– Ragazzi, mi dispiace – ha detto il maestro.

– Io non lascio più il mio zaino a scuola – hanno giurato in parecchi.

Allora io ho detto: – Ascoltate, sabato prossimo è aperto il Balôn. Volete scommettere che la nostra roba sarà in vendita da quelle parti?

Il Balôn è una specie di grande mercato delle pulci e dell'antiquariato che si trova nelle vicinanze di Porta Palazzo. Molta refurtiva, dice mio padre, prende quella strada.

E così ho proposto: – Che ne dite se andiamo a darci un'occhiata?

Ma nessuno ha risposto di sì. Il sabato vanno quasi tutti via e non hanno tempo da perdere.

Ero un po' delusa e ho detto a Ottilia:
– Non ci vieni nemmeno tu?

– Non credo che i miei mi daranno il permesso. Mia nonna non è ancora guarita e questo fine settimana avrà bisogno di noi.

IL RAGAZZO DI ROSA

Nella nostra scuola ci sono quattro bidelli. Sono tre uomini e una donna. Gli uomini si chiamano Mario, Ernesto e Poldo, la donna si chiama Rosa. Rosa è una donna anziana e presto andrà in pensione.

Io con lei faccio delle lunghe chiacchierate, soprattutto durante gli intervalli.

– Ciao, Valentina, come stai?

– Bene, Rosa, e tu?

– Eh, io sono anziana e ho gli acciacchi degli anziani. Mal di schiena, male alle gambe… cose così.

– Perché non te ne stai a casa?

– Questi sono mali dai quali non si guarisce. E poi preferisco stare a scuola con i bambini, piuttosto che da sola in casa. Quando c'era mio marito era diverso. Ma è morto cinque anni fa e la casa ora è vuota.

– Non hai figli, Rosa?

– Ne ho due, ma se ne stanno per conto loro.

– E nipoti?

– Nessuno, purtroppo –. Io non le chiedo mai perché e preferisco cambiare argomento.

– Che cosa leggi, Rosa?

– Fotoromanzi.

– Di cosa parlano?

– D'amore, di abbandoni e di tradimenti. Sicuramente non ti interessano. Tu cosa leggi?

– Libri, giornalini, fumetti... E poi mi piace anche scrivere.

– Ah, io sono sempre stata negata per la scrittura.

– Non hai mai scritto nemmeno delle lettere?

– Lettere sì, qualche volta ne ho scritte. Per esempio al mio ragazzo.

– Vuoi dire a tuo marito?

– Mio marito lo sposai a trent'anni. Quando ne avevo diciotto ero innamorata di un altro.

– E tuo marito lo sapeva?

– No, non gliel'ho mai detto. Era troppo geloso.

– Adesso bisogna che rientri in classe.

– Vai, vai. Non vorrei che il tuo maestro si arrabbiasse. Che cosa state studiando?

– Geografia.

– Il mio ragazzo se ne andò in Germania. Sai dov'è?

– Certo, l'Europa la conosco a memoria.

– Se ne andò a Stoccarda. Secondo me si è sposato lì e oggi avrà figli e nipoti.

– Non avresti voglia di rivederlo?

– No, preferisco ricordarlo bello com'era allora.

UN ORCO SUL PIANO

L'altro bidello che sta sul nostro piano si chiama Mario. Ha una barba folta e sembra un orco.

– È suonata la campanella e l'intervallo è finito. Dentro, marsch!

Queste sono le parole con cui va a raccogliere i bambini, come se dovesse radunare i polli nel pollaio. Ma i bambini piccoli non vogliono saperne e, anziché ubbidirgli, si mettono a scappare da tutte le parti.

Allora Mario alza la voce e prova a spaventarli.

– Se non vi fermate, vi prendo per le orecchie!

Siccome ha un vocione potente, alcuni dei bambini si spaventano sul serio e si mettono a piangere.

– Mario, veda di non spaventarli troppo – dicono le maestre.

– L'intervallo è finito. Dentro, marsch!

Mario, però, fa un cipiglio feroce e dice:
– Ci vuole disciplina, signore maestre. Se no i bambini ne approfittano e non riuscite più a tenerli.

L'unico bambino che non si fa spaventare da Mario è Davide.

Davide ha sei anni, è magro come un chiodo e ha due occhi che non stanno mai fermi.

Davide non sta quasi mai in classe. Il suo territorio di caccia è rappresentato soprattutto dagli sgabuzzini e dai gabinetti. Dagli sgabuzzini arraffa manici di scopa, contenitori di detersivi, rotoli di carta crespa, pezzi di polistirolo e grossi pennarelli. Nei gabinetti, dato che ci sono i lavandini, si diverte a fare quelle che lui chiama le "pozioni magiche".

In realtà riempie d'acqua le bottiglie di plastica che si porta in classe dalla mensa e vi introduce pezzi di carta crespa colorata. L'acqua diventa ora arancione, ora azzurra, ora rossa e lui poi va in giro con l'intenzione di venderla.

– Vuoi comprare la mia pozione? – chiede ai bambini che vanno in bagno.

– Te la vendo per dieci figurine dei calciatori.

E siccome non riesce mai a venderla a nessuno, si diverte a schizzarla contro i muri del bagno.

Ed è lì che interviene Mario.

– Sei uno sporcaccione! – gli urla. – I bagni li faccio lavare a te.

– I bagni puzzano ed è colpa tua – grida Davide, mentre cerca di sfuggire a Mario.

– Ma cosa dici? Piccolo… piccolo…

– Dai, dai, dilla la parolaccia! Così poi io lo dico alla direttrice.

– Ma è inaudito! Non ho mai avuto a che fare con una vipera come te.

– Mi hai detto vipera, mi hai detto vipera! Hai detto una parolaccia! Adesso lo dico alla maestra e poi lo dico a mio padre. Lui è forte e non ha paura di nulla. Povero te. Vedrai, vedrai!

Se ho potuto riferire questo dialogo, è

perché il giorno in cui si sono rincorsi nel corridoio ero fuori a parlare con Rosa.

– Certo che quel bambino è un vero problema – ha sospirato Rosa. – Ma anche Mario esagera e dovrebbe trattarlo con più delicatezza.

Qualche giorno fa ho provato a parlare io a Davide.

– Sei davvero terribile – gli ho detto.

– Io posso fare quello che mi pare.

– Ne sei sicuro?

– Sì.

Quando ha visto che avevo in mano un paio di caramelle, mi ha chiesto: – Me ne dai una?

– Sono caramelle per la gola. Bruciano.

– Non fa niente. Io resisto bene al fuoco.

A quella risposta mi sono messa a ridere e gli ho dato una caramella. Lui ha ricambiato con un sorriso e credo che siamo diventati un poco amici.

UN CELLULARE IN CLASSE

Ieri Enrico è arrivato a scuola con un cellulare. – Vi piace? – ci ha chiesto quando abbiamo fatto capannello intorno a lui.

– Di chi è? – gli ho chiesto.

– È mio.

– Non ci credo – ha detto Gina.

– Ti dico che è mio.

– E allora provacelo. Vediamo se conosci il numero segreto che lo mette in funzione.

Enrico ha acceso il cellulare, poi ha schiacciato alcuni tasti e sul visore è comparsa la scritta CODICE VALIDO.

– Accidenti, funziona veramente! – ha esclamato Rinaldo. – Dai, chiamiamo qualcuno.

– E chi?

– I vigili del fuoco, i carabinieri, la polizia...

– Sei matto?

– Allora fammi chiamare casa mia – ha detto Gina. – C'è mia sorella e devo dirle che stasera non voglio il minestrone.

Enrico però ha tenuto stretto il telefonino e ha detto che non voleva consumare la scheda, che a casa magari se ne accorgevano eccetera eccetera.

– Ma non hai detto che è tuo? – gli ho chiesto io.

Enrico ha alzato le spalle e non mi ha risposto.

Più tardi, in cortile, qualcuno ha tentato di farglielo usare. Ma Enrico sembrava sulle spine e ha urlato che voleva essere lasciato in pace.

Il telefonino, però, è rimasto acceso, e a un certo punto si è messo a squillare.

Enrico ha fatto un balzo indietro ed è rimasto incredulo a fissare l'apparecchio che stringeva fra le mani.

– Perché non rispondi? – gli ho chiesto.

– Perché non voglio che mi scoprano – si è messo a piagnucolare.

– Di chi è il telefonino?

– Di mia madre.

– Non fa la dottoressa, tua madre?

– Sì.

Il telefonino continuava a squillare.

– E se è una chiamata urgente dall'ospedale? – ho detto a Enrico.

– Mia madre in questo momento è all'ospedale.

– Allora potrebbe essere un ammalato che chiama da casa.

– E magari è anche grave – ha balbettato Enrico. – Oh, che faccio? Che faccio?

– Rispondi, no?

– E cosa dico?

– Di' che tua madre ha dimenticato il telefonino a casa e fatti lasciare il messaggio per lei.

– Non ho il coraggio, non ho il coraggio…

– Da' qua, da' qua.

Ho strappato il cellulare dalle mani sudate di Enrico, mi sono appartata in un angolo del cortile e ho risposto. – Pronto? – ho detto.

– Pronto, chi parla?

– Ehm, veramente io mi chiamo Valentina.

– Valentina? E chi saresti?

– Valentina, no?

– E si può sapere come mai il mio cellulare è finito nelle tue mani?

– Vuol dire che lei è la madre di Enrico?

– Già, sono proprio io. Dov'è mio figlio?

– Non lo so.

– Da dove mi stai rispondendo?

– Dal cortile della mia scuola.

– Puoi chiamarmi Enrico?

– Guardi, non so proprio dove sia andato a finire.

– Digli che stasera faremo i conti.

– Cerchi di non essere troppo severa. In fondo lui avrebbe potuto non rispondere e lei non avrebbe mai scoperto che aveva portato il cellulare a scuola.

– E allora perché ha risposto? Cioè, perché hai risposto tu?

– Perché abbiamo avuto paura che fosse un'emergenza. Che qualcuno la cercasse. Come vede, siamo stati molto responsabili.

– È uno scherzo che non doveva farmi. Per me il cellulare è indispensabile come il pane.

– Credo che sia già pentito. Infatti poco fa stava per piangere.

– Mi sembra un po' poco. Adesso devo riattaccare. Digli di non lasciare incustodito l'apparecchio fino al suo ritorno a casa.

– Ci penso io, stia tranquilla, signora. Lei per caso fa la pediatra?

– No, sono chirurga. Tra poco devo asportare una milza.

– Allora si concentri bene sul suo lavoro. Arrivederci, signora.

La mamma di Enrico ha sospirato e ha detto: – Da non credersi! Veramente da non credersi!

Quando ho consegnato il cellulare a Enrico, gli ho detto: – Ho cercato di mettere pace fra te e tua madre. Ma non so se ci sono riuscita. Adesso ti conviene non perdere di vista il telefonino. Se non lo riporti a casa intatto, vedrai cosa ti farà tua madre!

– Mi vuole troppo bene per punirmi. Però non mi lascerà andare in piscina almeno per un mese…

AVVENTURA SOTTO LA PIOGGIA. UN ALBERGO MISTERIOSO

Anche noi abbiamo un telefonino in casa. O meglio, ce l'ha mio padre. Ma lo usa poco. Ha paura che le onde elettromagnetiche gli brucino il cervello.

– Non vorrei rimbambire prima del tempo – dice. – Lo terremo da conto soprattutto per le emergenze.

Finora ne è accaduta solo una. Precisamente il mese scorso. Mio padre era andato a Milano per lavoro, e al ritorno l'auto si è bloccata sotto la pioggia.

La sua telefonata, alle nove di sera, l'ho presa io.

– Valentina, sei tu?

– Sì. Ciao, papà. Dove sei?

– Sotto la pioggia. Ascolta, Valentina. L'auto fa i capricci e non vuole ripartire. Sono a un paio di chilometri da un paesino e vedrò di raggiungere a piedi un albergo.

– Mi dispiace, papà. Non bagnarti troppo.

– Ho l'ombrello con me, per fortuna. Dov'è tua madre?

– Sta facendo il bagno a Luca.

– Dille che se riesco a far riparare l'auto entro domani mattina, sarò di ritorno a casa verso mezzogiorno.

– Papà, quell'auto è da cambiare.

– Ci sono tante cose da cambiare, Valentina. Ti saluto, vado a cercare un albergo.

– Buona notte, papà.

Quando è tornato il giorno dopo, mio padre era stanchissimo.

– Non stai bene? – gli ha chiesto mia madre.

– Stanotte non ho dormito per niente.

– Come mai?

– Sono capitato in un postaccio. Sembrava un covo di banditi. Hanno urlato tutta la notte e devono avere distrutto un paio di camere. Ero convinto che sarebbero venuti a sfondare la porta della mia e sono stato sul punto di chiamare i carabinieri. E stamattina, al momento di andar via, non c'era nessuno. L'albergo sembrava abbandonato, così sono uscito, ho cercato un meccanico e siamo andati a recuperare l'auto.

Al ritorno, sono ripassato davanti all'albergo. Mi sono fermato, mi sono affacciato dal finestrino e gli ho dato un'ultima occhiata. Ma proprio in quel momento, l'albergatore è venuto fuori correndo, ha raggiunto la mia auto e si è messo a urlare: «Voleva filarsela senza pagare, vero?».

«Guardi che si sbaglia. Quando stamattina sono andato via...»

«Mi dia subito quello che mi deve, o non la lascio ripartire.»

«Intanto si dia una calmata, e sappia che io non ho mai truffato nessuno.»

Sono sceso dall'auto, ho preso il portafoglio e ho contato il denaro. Ma prima di darglielo, gli ho detto: «Non dovrei pagare nemmeno la metà. Stanotte non ho chiuso occhio. Cos'era tutto quel fracasso?».

«Una discussione tra amici.»

L'albergatore mi ha strappato i soldi di mano e se n'è andato borbottando.

Quando mio padre ha finito di raccontare, ha sospirato e ha detto: – Mangerò solo un po' di minestra e andrò subito a dormire.

È la prima volta, credo, che mio padre si è trovato in mezzo a una pericolosa avventura.

Lui è un tipo tranquillo. Gli piace stare in casa, aiuta mia madre, chiacchiera con me e rimprovera spesso mio fratello.

Prima lo faceva anche con me. Diceva che ho la lingua lunga, che appena penso una cosa la dico e che insomma sono una che non si controlla.

A dire la verità, io continuo a essere così anche adesso. E non me ne pento. Perché uno deve tenersi dentro le cose che pensa? Quando si affollano troppi pensieri nella testa, c'è il rischio che scoppi il cervello. Perciò è meglio tirarli subito fuori. Lo faccio con i compagni, col maestro, con mia madre, mio padre e zia Elsa. E quando non ho nessuno sottomano, prendo il diario e scrivo.

Il diario mi piace perché ci scrivo solo quando ne ho voglia. E questo per me è molto importante. Scrivere dev'essere sempre un piacere, no?

UNA MAMMA BAMBINA. NESSUNO HA IL DIRITTO DI IMBROGLIARE

Non so a quante bambine capita, ma io con mia madre vado molto d'accordo.

A volte mia madre sembra una bambina.

– Dici che faccio bene, Valentina? Dici che posso andare, Valentina? Dici che ho ragione, Valentina?

Ogni tanto mi fa queste domande e io mi sforzo di dirle cosa penso delle cose che le accadono.

– Lo sai che ieri la merciaia ha cercato di imbrogliarmi? E io, sciocca, ho fatto finta di niente per non farle fare una brutta figura. Ma, naturalmente, nel suo negozio non ci torno più. I bottoni e il filo andrò a comprarli da un'altra parte.

– Io non sarei stata così accomodante, mamma. Non mi sembra giusto. Magari avrà pensato che sei un'ingenua. Dovevi fare come feci io col fruttivendolo, ti ricordi?

– Mi ricordo, mi ricordo.

Quella mattina ero andata al mercato con mia madre e ci eravamo fermate davanti alla bancarella di un fruttivendolo che vendeva delle bellissime arance.

– Un euro al chilo! – aveva esclamato mia madre. – Sono davvero convenienti. Peccato che siamo a piedi e non possiamo comprarne più di tre o quattro chili.

Intorno al fruttivendolo c'era molta gente e quando è arrivato il nostro turno, l'uomo ci ha detto: – Ditemi quello che volete.

– Vorrei quattro chili di queste arance – ha detto mia madre.

Intanto che ci serviva, l'uomo continuava a urlare: – I migliori tarocchi della Sicilia, i migliori tarocchi dell'isola a un prezzo d'amore e di cortesia!

Nella confusione, tutti pensavano a spingersi e nessuno badava alla bilancia dove comparivano e sparivano velocemente i pesi e i prezzi.

Io, invece, concentravo la mia attenzione sulle cifre luminose e sui gesti del fruttivendolo. Perciò, quando ho visto che schiacciava con una mano il piatto della bilancia, ho capito che nel sacchetto di carta c'erano molto meno di quattro chili di arance.

– Ecco a lei, signora. Una bella scorta di vitamina C. Tre euro esatti. Tieni, bambina, aiuta la mamma.

Io però ho detto: – Pesi di nuovo le arance, per favore. Credo che ci sia un errore.

L'uomo è diventato rosso e ha balbettato: – Ragazzina, io non ho tempo da perdere, e poi bada a quello che dici.

– Io le dico che deve ripesare le arance. Secondo me in quel sacchetto ce ne sono meno di quattro chili.

Mia madre mi ha guardata perplessa e ha mormorato: – Valentina, che dici?

– Dico che in quel sacchetto non ci sono quattro chili di arance, mamma.

– Come fai a esserne sicura?

– Adesso facciamo la prova e vedrai.

Ma il fruttivendolo, che lanciava fiamme dagli occhi, con un movimento rabbioso ha rovesciato dal sacchetto le arance e ha urlato: – Andate pure a comprare da un'altra parte le vostre arance. E ringraziate il cielo che ho molto da fare, sennò avrei chiamato un vigile.

– Magari lo avesse chiamato – ho detto io. – Sarebbe stato meglio.

Le arance, però, erano state rovesciate nel mucchio e io non avevo più la prova che ci avesse imbrogliato.

– Valentina, sei davvero sicura di quello che hai detto?

– Ne sono sicura, mamma. Ho visto benissimo che ha cercato di falsificare il peso.

– Vieni, andiamo a comprare le arance da un'altra parte. Peccato, erano così belle.

– Cerchiamo bene. Vedrai che ne troviamo altre uguali.

UN BRUTTO SOGNO

Ho detto che a volte mia madre è come una bambina. Ma se ho bisogno di lei, state certi che posso fidarmi.

Vi capita di avere degli incubi la notte? A me ogni tanto succede.

Come la settimana scorsa, per esempio.

Mi sono svegliata verso l'una con un urlo e in un bagno di sudore. Mio fratello continuava a dormire e nella camera dei miei genitori c'era assoluta tranquillità.

Allora sono andata in cucina, ho acceso la luce e ho riempito un bicchiere d'acqua. Mentre lo bevevo tremando, mia madre si è affacciata sulla soglia e mi ha detto: – Valentina, mi è sembrato di sentirti gridare.

Io ho posato il bicchiere sulla tavola e sono andata a rifugiarmi tra le sue braccia.

– Ho avuto un incubo, mamma.

Mia madre si è seduta su una sedia e io mi sono messa sulle sue ginocchia.

– Capisco la tua paura – mi ha detto. – Che cosa hai sognato?

Dopo che ho finito di raccontarle il sogno, mi ha stretta più forte e ha detto: – Non pensarci più.

Ma io le ho chiesto: – Che cosa può significare?

– I sogni non sono mai facili da interpretare. E le nostre paure neanche. Vuoi tornare a letto?

– No, stiamo ancora un po' insieme.

Mi faceva bene starmene tra le braccia di mia madre. Di giorno, magari davanti a mio fratello, non avrei osato. Ma in quel momento, di notte e nel silenzio della casa, mi sentivo davvero una bambina spaventata.

UN'AMICA MAESTRA

Il maestro è sposato con Giulietta, la maestra della classe a fianco. Il loro fidanzamento l'ho seguito passo passo. Li ho visti mentre si facevano le coccole e si sussurravano paroline nell'orecchio.

Loro cercavano di nascondersi, ma io mi trovavo sempre in mezzo senza volerlo.

– Il maestro è proprio fortunato – dice Ottilia. – Una come Giulietta, un uomo se la può solo sognare.

Io invece penso che la fortunata sia proprio Giulietta. Il maestro è un tipo allegro, legge un sacco di libri e rispetta le bambine. Perciò vuol dire che rispetta anche le donne. E a maggior ragione sua moglie, no?

Siccome siamo in confidenza, un giorno ho chiesto a Giulietta: – Sei contenta di avere sposato il maestro?

– Sì, certo.

Li ho visti mentre si facevano le coccole…

– Com'è in casa? È come a scuola?

– Non so bene come sia a scuola. Ma in casa si dà molto da fare. Anche se cerca sempre di scappare dietro la scrivania, per mettersi a leggere.

– Ti aiuta a lavare i piatti?

– Sì, facciamo a turno.

– E cos'altro fa in casa?

– Imbianca i soffitti. Ma non è molto bravo e sgocciola pittura dappertutto.

Io ho provato a immaginarmi il maestro in tuta da imbianchino, ma non ci sono riuscita.

– Posso farti una domanda indiscreta, Giulietta?

– Fai pure.

– Volevo sapere se prima o poi avrete un figlio tu e il maestro.

– Certamente.

– Tu che cosa preferiresti, un maschio o una femmina?

– Vuoi proprio sapere come stanno le cose? Io vorrei un maschio, e il tuo maestro una femmina.

– È tutto il contrario di come uno si immagina, allora.

– Proprio così.

Io ho guardato Giulietta negli occhi e avrei voluto abbracciarla. Mi faceva così piacere che mi trattasse da amica!

Allora le ho detto: – Mi piacciono i tuoi capelli a caschetto.

– E a me piacciono le tue trecce. Mi danno l'idea di una bambina un po' monella.

– A mia madre piacciono così. E anche a me, tutto sommato.

Però ho pensato che possono essere anche un fastidio.

Per esempio, a volte Rinaldo le afferra tutte e due e dice: – Valentina Castelli-in-aria, un giorno che sei distratta proverò a tagliartene una.

– Tieni giù le mani – gli dico io. – Chi ti ha dato il permesso di toccarle?

– Ehi, ehi, non imbizzarrirti, se no sembri un cavallo… – protesta sempre Rinaldo.

Ho salutato la maestra.

– Vado a fare due salti con la corda, Giulietta.

– Vai pure, se no sprechi l'intervallo a parlare con me e non ti rilassi.

UN MECCANICO IN GAMBA

Io sono brava a saltare con la corda, perché ho cominciato a esercitarmi sin da quando andavo all'asilo. Ma devo ammettere che Deborah è molto più brava di me.

Deborah è piccola, ma ha una resistenza davvero straordinaria. È capace di arrivare sino a centocinquanta senza sbagliare un colpo.

– Come fai? – le ho chiesto una volta.

– È semplice. Chiudo gli occhi e penso ad altro. E poi io mi esercito tanto nell'officina di mio padre.

Il padre di Deborah fa il meccanico e ogni giorno, alle quattro e mezzo, viene ad aspettare sua figlia davanti a scuola.

Anche lui è piccolo e indossa sempre una tuta sporca di grasso. È un meccanico conosciuto, e tutti dicono che come ripara lui le auto non le ripara nessuno.

Deborah è orgogliosa di suo padre e quando sale in macchina con lui per andare al garage, sembra una principessa che torna al castello alla fine di una giornata di lavoro. Un giorno mi ha detto: – Perché non dici a tuo padre di portare la sua auto alla nostra officina per un controllo? Dato che sei mia amica, sono certa che mio papà gli farà uno sconto su qualsiasi riparazione.

– Ho già il mio meccanico di fiducia – mi ha risposto mio padre.

– Però dicono che il padre di Deborah sia il miglior meccanico della zona – ho insistito io. – E poi ti farà risparmiare su ogni riparazione. Deborah ne è sicura.

Ma mio padre, finora, non si è deciso a

cambiare meccanico. I grandi hanno le loro fissazioni e non è semplice toglierglielle dalla testa.

UN MAESTRO CHE LEGGE LIBRI. UNA NONNA CHE RACCONTA STORIE

Molti dei miei compagni portano gli zaini a casa ogni giorno.

– Non voglio che me lo rubino un'altra volta – dice Enrico.

– Fidatevi, non succederà più – dice il maestro.

– E chi ce lo garantisce? – insiste Enrico.

Io mi fido delle assicurazioni del maestro, ma ogni mattina arrivo a scuola col dubbio che il mio zaino non ci sia più.

La mattina, a ogni modo, è il momento più bello della giornata.

Appena entrati nell'aula, sappiamo cosa succederà. Il maestro prenderà un libro, si siederà in cerchio insieme a noi e comincerà a leggerci una storia.

Il nostro maestro mangia molte caramelle, per tenere lubrificata la gola. La settimana scorsa ne ho comprato una busta e ogni mattina, prima che cominci a leggere, gliene offro una.

– Grazie, Valentina, ne ho proprio bisogno – dice.

Poi comincia a leggere e noi cominciamo a sognare. Questo, almeno, è quello che succede a me, che rimango incantata dalle storie che legge e dalla sua voce.

Però anche i miei compagni non si muovono sulle sedie e quando il maestro finisce un capitolo, chiedono: – Ancora un altro, per piacere!

Persino Ringo riesce a rimanere fermo. Ringo odia i luoghi chiusi e l'immobilità.

A scuola viene solo perché il maestro lo lascia uscire ogni tanto a fare una passeggiata nel corridoio. Una volta sono passata davanti al campo dove vive in una roulotte, e l'ho visto che giocava a pallone con un paio di ragazzini.

Quando si è accorto di me, Ringo ha smesso di giocare e se n'è andato in un'altra parte del campo.

Io mi sono fermata a osservare con curiosità e la mia attenzione è stata attirata da due bambine che cercavano di accendere un falò. Ma per quanto soffiassero sul mucchietto di rami verdi, non ce la facevano a far sprigionare le fiamme.

Allora sono stata sul punto di gridare: – Volete che vi aiuti?

Ma mi sono trattenuta, e ho cercato Ringo con gli occhi. Quando non sono riuscita a scorgerlo da nessuna parte, sono tornata a casa.

Ringo è sempre in giro, e torna al campo la sera tardi. Me lo ha detto una volta che lo svegliai perché si era addormentato con la testa sul banco nell'ora d'inglese.

– Ma non hai dormito stanotte? – gli chiesi.

– Ieri sera sono tornato tardi.

– E dove sei andato?

– In giro con gli amici.

– E i tuoi ti lasciano andare?

– Io vivo con mia nonna. E poi sto sempre con i grandi e faccio le cose che fanno loro.

Non so se invidiare Ringo. Anche a me piace andare in giro. Ma mi piace anche stare in casa. Lui però una casa vera e propria non ce l'ha, non ha nemmeno i genitori e ha una predilezione speciale per sua nonna.

– Mia nonna ha una faccia rugosa come la corteccia di un albero – mi ha detto Ringo un giorno. – È la migliore di tutti e tutti la rispettano. Inoltre ricorda un sacco di cose e spesso me le racconta. Conosce anche molte storie.

– Allora è come il maestro.

– Il maestro le legge dai libri. Mia nonna, invece, le racconta a memoria.

– Mi piacerebbe conoscerla.

– Non credo che sarà possibile.

– Perché?

– Perché quando piove il campo diventa una pozzanghera e sporcheresti i tuoi calzini bianchi.

– Verrò quando è asciutto.

Ormai la nonna di Ringo me la immagino in mille modi e spero proprio di incontrarla prima o poi.

UN CUSTODE CHE SA FARE DI TUTTO

Il custode della nostra scuola sa fare di tutto. Perciò quando abbiamo bisogno di una piccola riparazione, il maestro dice: – Qui ci vuole Zep.

Allora io corro in portineria e dico: – Zep, ci sarebbe una serratura da controllare.

– D'accordo, vengo appena posso.

Di solito arriva con una cassetta di attrezzi, dice: – State lontani – e comincia a lavorare in silenzio. Io però gli chiedo: – Posso guardare?

Zep sbuffa e risponde: – E se succede un incidente? Lo sai che ci vado di mezzo io.

– Non ti preoccupare. Starò attenta.

E mentre lavora col martello, il cacciavite o il trapano gli faccio tante domande.

– Dove hai imparato, Zep?

– Ho imparato in un'officina dove ho lavorato da giovane.

– Ti piace riparare le cose?

– Mi piace farle durare. Oggi tutti buttano tutto, e non è giusto.

– Come si chiama quello?

– È un chiodo a pressione.

– Sai riparare anche i lavandini e i termosifoni?

– Me la cavo.

– Perché non fai l'idraulico? Dicono che gli idraulici guadagnino parecchio.

– Perché non sono più giovane e non ho voglia di andare in giro.

– Allora ti piace fare il custode?

– La maggior parte dei bambini sono degli scocciatori. Ma tutto sommato a scuola sto bene.

– Mi piace il tuo orto.

Quando faccio questa affermazione, gli occhi di Zep si illuminano. È talmente orgoglioso del pezzo di terra sul quale coltiva pomodori, rucola, insalata, erbe aromatiche, melanzane e carote, che appena lo nomini, smette di fare ogni altra cosa e comincia a parlare come un giardiniere di professione.

Perciò quando ho voglia di farlo chiacchierare, dico sempre: – Mi piace il tuo orto, Zep.

Un giorno mi mostrò come zappetta, come fa la semina e come rincalza la terra.

– Vuoi provare anche tu? – mi chiese.

– No, preferisco guardare – gli risposi.

Ma prima o poi accoglierò il suo invito. Voglio piantare dei pomodori e mangiare tutti quelli che cresceranno.

CHIARA PARTIRÀ

Oggi Chiara è rimasta da sola in classe, mentre gli altri facevano chiasso nel corridoio durante l'intervallo.

Dato che non avevo voglia di farmi rintronare la testa, sono rientrata nell'aula e mi sono avvicinata a Chiara.

– Cos'hai? – le ho chiesto.

– Niente.

Quando uno risponde *niente*, ti conviene non insistere e cambiare strada. Ma certi ti dicono *niente* con un tono tale, che in realtà vogliono dire: «Continua a domandare».

E il tono di Chiara era proprio quello. Perciò ho continuato: – Non hai studiato geografia?

– La geografia non c'entra. È che... che sto per andarmene.

– E dove?

– A Roma.

– Stai scherzando!

– Per niente.

Allora mi sono seduta al banco accanto a lei e le ho detto: – Non sono una ficcanaso. Ma se ti va di parlare…

Chiara non aspettava altro.

– Mia madre ha conosciuto un tipo – ha cominciato – e vuole andare a vivere con lui. Dice che anch'io ho bisogno di un padre. Ormai sono cinque anni che viviamo da sole e c'è bisogno di un cambiamento per tutte e due.

– E a te quest'uomo non piace?

– È venuto solo un paio di volte a casa nostra. Non è male. Ma vive a Roma e non se la sente di trasferirsi a Torino. Perciò siamo noi che dobbiamo andare da lui. E a me non va proprio.

Chiara ha stretto la bocca, e i suoi occhi si sono messi a luccicare.

– Chissà, magari se tu e tua madre insistete, cambia idea e viene a stare con voi – le ho detto.

– Inutile. E mia madre gli vuole troppo bene per rinunciare a lui. Non l'ho mai vista così innamorata.

– Mi dispiace, Chiara.

– Forse non riesco nemmeno a finire l'anno con voi. Dovremmo partire prima di Pasqua.

Ho messo un braccio sulle spalle di Chiara e lei ha cominciato a piangere in silenzio. Io ero un po' irritata con me stessa, perché non riuscivo a trovare le parole per consolarla. Ma forse, in certi casi, stare zitti è la cosa migliore.

Poi però mi sono alzata per andare a chiudere la porta dell'aula. Non volevo che qualcuno, affacciandosi all'improvviso, si accorgesse di Chiara.

Quando i compagni sono rientrati, solo Ottilia ha notato che Chiara aveva gli occhi lucidi. E mi ha chiesto: – Come mai non sei venuta fuori a giocare?

– Non ne avevo voglia.

– Sei stata con Chiara?

– Sì.

– Perché ha gli occhi lucidi?

– Te ne parlo più tardi. Adesso concentriamoci su geografia. Qual è la capitale della Germania?

– Bonn.

– Sbagliato. È già da un pezzo che è ridiventata Berlino.

– Ne sei sicura?

– Sì, mi sono informata da mio padre. Lui legge sempre il giornale.

ANNALEE

Stamattina in classe è arrivata Annalee, una bambina cinese. La novità mi ha molto eccitata. – Parli italiano? – le ho subito chiesto. – Sì – mi ha risposto Annalee.

Annalee non mi sembra un nome cinese ed ero curiosa di sapere come mai si chiamasse così.

Ma Annalee è riservata e non ho voluto aggredirla subito con le mie domande. Durante l'intervallo, però, ho imparato parecchie cose che la riguardano.

– In realtà sono nata in Francia – mi ha detto. – Ma da quattro anni siamo in Italia.

– E come mai sei venuta nella nostra scuola proprio adesso?

– Perché ci siamo trasferiti in questa zona alcuni giorni fa. Abbiamo aperto un ristorante.

– Vuoi dire che il ristorante cinese all'angolo di via Botticelli è vostro?

– Sì. Mio padre è un bravo cuoco e mia madre serve i clienti.

– E tu cosa fai?

– Servo anch'io. Ma non sto sveglia fino a tardi.

– Come sono i cibi cinesi?

– Buoni.

– Che cosa vi siete dette? – mi ha chiesto Ottilia mentre rientravamo in classe.

– Il padre di Annalee è il cuoco del nuovo ristorante cinese. Anzi, il ristorante gli appartiene.

Quando ho riferito a mio padre di questo arrivo imprevisto mi ha detto: – Oggi la gente si muove parecchio. E c'è sempre qualcosa da imparare da tutti. Per esempio, insieme a me lavorano un tunisino e un singalese. Sono giovani, esperti di computer e ci risolvono un sacco di problemi. Vivono in Italia da alcuni anni, parlano bene la nostra lingua e dicono che da noi, oltre a un lavoro, hanno trovato anche una seconda patria. Ma ogni volta che possono, tornano ai loro paesi per andare a rivedere parenti e genitori. Un giorno te li farò conoscere.

STEFI

A proposito di gente che si muove parecchio, sentite questa.

L'altro giorno squilla il telefono, alzo la cornetta e dico: – Pronto?

– Chissà se è proprio il numero che cercavo – dice una voce femminile allegra e squillante.

– Lei mi dica con chi vuole parlare – ho risposto.

– C'è una certa Maria da quelle parti?

– Ce n'è una, ed è mia madre.

– Allora tu devi essere Valentina.

– Sì. Lei chi è?

– Io sono Stefi, e vorrei parlare con tua madre.

– Gliela chiamo.

Quando ho detto a mia madre: – C'è una certa Stefi al telefono – mia madre ha esclamato: – Stefi! Non mi sembra vero!

Poi è corsa al telefono e ha afferrato la

cornetta. Io ho schiacciato il tasto vivavoce e la loro conversazione è risuonata nel soggiorno come se fosse trasmessa da un altoparlante.

– Stefi!

– Maria!

– Da dove chiami?

– Dalla stazione.

– Prendi subito un taxi e vieni qui.

– Devi pazientare fino a domani. Oggi ho un sacco di impegni.

– Non vedo l'ora di abbracciarti.

– Anch'io.

– Come stai?

– Benissimo.

– Sei cambiata?

– Per niente.

– Beata te.

– Ho voglia di incontrare tua figlia. L'ultima foto che mi hai mandato risale a quattro anni fa.

– Non la riconoscerai. La mia Vale è quasi una signorina.

– Allora si deve cominciare a svezzarla, non ti pare?

– Cosa vuoi dire?

– Che bisognerebbe farla viaggiare. Perché non l'affidi a me? Ci penso io a trasformarla in una giramondo.

– Calma, Stefi, calma. Valentina è ancora mia.

– Questo lo diceva anche mia madre di me. Allora ci vediamo domani, d'accordo? E salutami Valentina. Dille che voglio chiacchierare a lungo con lei.

Quando mia madre ha riattaccato, le ho chiesto: – Chi è questa Stefi?

– L'amica più preziosa che ho avuto fino a diciotto anni. Poi ci siamo perse di vista, ma ogni tanto ci sentiamo al telefono. Stefi viaggia molto, scrive su riviste femminili, lavora con editori e registi, e credo che dorma quasi sempre in albergo.

– Ha continuato a parlarti di me.

– Perché io le ho parlato spesso di te.

– Sembra che abbia già delle idee.

– Stefi è un vulcano di idee. Domani sera la conoscerai.

OTTILIA STA CRESCENDO

Oggi pomeriggio Ottilia è venuta a casa mia. Mio padre, mia madre e Luca erano in giro a fare spese e la casa era a nostra disposizione.

Quando ci siamo messe a parlare dei nostri genitori, Ottilia mi ha detto: – Mia madre è piuttosto severa con me.

– In che senso?

– Per esempio non mi lascia mai scegliere i vestiti da indossare. Andiamo sempre a comprarli insieme e dice che devo fidarmi del suo gusto. Ma a me la moda non interessa. Mi bastano T-shirt, magliette, jeans... I top, per ora, posso sognarmeli. «Sei ancora una bambina» mi dice. «Non metterti grilli per la testa.» Ma io non lo so se sono ancora una bambina. Tu che ne dici, Valentina?

– Hai dieci anni come me, no?

– Sì, però a volte mi sento strana. Forse presto avrò bisogno di un reggiseno.

Ottilia si è messa di fronte allo specchio dell'armadio e ha sospirato: – Sto crescendo, Valentina. E mia madre non se ne accorge.

– Capisco.

– Lasciamo perdere. C'è niente da mangiare?

– Il frigorifero è mezzo pieno.

– Dici che sono grassa?

– Per me sei normale.

Ottilia si è guardata di nuovo allo specchio davanti, di fianco, girando la testa all'indietro e ha detto: – Tutto sommato, direi che non c'è male.

Dopo aver fatto merenda, Ottilia si è seduta davanti al mio computer e mi ha chiesto di insegnarle alcune funzioni che non conosce. – Quando vi collegherete a Internet? – mi ha chiesto prima di andar via.

– Mio padre dice che la settimana prossima saremo pronti a partire.

– Attenta a dove vai a finire, Valentina. Dicono che Internet sia una bella cosa, che ti aiuti a imparare le lingue e a fare ricerche, e che ti metta in contatto col mondo intero. È così... però pare che contenga anche materiale molto pericoloso.

– Lo so. Mio padre mi darà una mano a destreggiarmi le prime volte. Nel suo ufficio sono collegati da tempo e lui sa come ci si muove sulla rete. Ti accompagno a casa. Ho voglia di fare una passeggiata.

La primavera si avvicina a grandi passi e sono già arrivate le rondini.

PENPALS E INDOVINELLI

– Ragazzi, ho una sorpresa per voi – ha detto Jill entrando in classe questa mattina.

– Di che si tratta? – le ho chiesto.

– Chiedimelo in inglese.

– *What is it about?*

– *It's about penpals.*

I *penpals* sono gli amici di penna, questo lo sapevo. Ma per il resto…

– Ascoltate – ha ripreso Jill. – Sono riuscita a mettermi in contatto con una classe di bambini inglesi e con la loro insegnante. Se volete, possiamo corrispondere con dei bambini che hanno la vostra età e che vivono in un piccolo paese della Cornovaglia. Il paese si chiama Torpoint e dev'essere bellissimo. *Well, what do you say about that?* Che ne pensate? Vi piace l'idea?

Abbiamo risposto tutti di sì, a parte

Ringo che, chissà perché, odia l'inglese.

– Quando cominciamo? – ho chiesto io.

– Tra una settimana dovrebbero arrivarci le lettere dei bambini inglesi e della loro maestra. Si chiama Elisabeth e l'ho vista solo in fotografia. Secondo me, ha un'aria molto simpatica.

– E come dovremo scrivere? In italiano o in inglese?

– Voi scriverete in italiano e io tradurrò le vostre lettere in inglese.

– Perché non mandiamo anche le nostre foto?

– Manderemo le vostre foto, dei nastri con le voci registrate, delle cartoline della nostra città e tante altre cose. Sarà un vero scambio di esperienze, vedrete.

Jill era contenta e ci ha trasmesso il suo entusiasmo.

– Tu preferisci scrivere a un bambino o a una bambina? – mi ha chiesto Ottilia.

– A una bambina.

– Io invece vorrei corrispondere con un

maschio. Ho un sacco di domande da fare. È vero che vanno a scuola con l'uniforme? E la mattina, cosa mangiano a colazione? Spero non sia vero che mangiano uova e pancetta. E giocano anche loro con le figurine? E quante ore di scuola fanno al giorno? E come scrivono, in corsivo o in stampatello minuscolo? Hanno i voti o i giudizi? E le loro pagelle, sono come le nostre? Che programmi vedono in televisione?

Ma a interrompere quella sfilza di domande ci ha pensato Jill.

– Stamattina voglio insegnarvi un indovinello. Vediamo se arrivate da soli a scoprire la soluzione. Non fatevi ingannare. La risposta è più facile di quanto può sembrare. Pronti? *Well, write then.*

Thirty white horses (Trenta cavalli bianchi)
Upon a red hill, (Su una collina rossa,)
Now they tramp (Ora camminano con passi pesanti,)
Now they champ, (Ora masticano,)

Now they're standing still. (Ora se ne stanno immobili.)

Dopo averci fatto scrivere anche la traduzione italiana, Jill ci ha chiesto: – Di che si tratta?

Ma nessuno riusciva a fare un'ipotesi qualsiasi.

– E dai – diceva Jill. – Non è difficile: cavalli bianchi... collina rossa... Che poi non è una collina, si capisce... così come non sono cavalli... ma sono bianchi... E camminano... e masticano... e un po' stanno fermi... Li avete proprio sotto il naso... Voglio dire letteralmente...

– Ci sono! – ha urlato Enrico.

– Spero che sbagli, spero che sbagli! – ha ripetuto Ottilia.

Ma Enrico non ha sbagliato. E quando ha detto: – Si tratta dei denti – Jill ha esclamato: – Bravo!

Ottilia ha sospirato e ha detto: – Possibile che sappia sempre tutto, quello lì? Lo odio, proprio lo odio!

UNA FRENATA LACERANTE. UNA GATTA MALCONCIA E FERITA

Sapete cos'è una frenata lacerante? Io l'ho scoperto ieri.

Stavo tornando a casa con Luca ed ero sovrappensiero. Pensavo a Chiara che sta per partire, all'amica di mia madre che sta per venire a trovarci, a Ottilia che è convinta che sta per svilupparsi. Insomma avevo la testa piena di persone che stanno per fare qualcosa.

La frenata alle mie spalle è stata, appunto, lacerante, e ho fatto appena in tempo a vedere un'auto che inchiodava in mezzo alla strada e un gatto nero scagliato contro un marciapiede.

– L'ha ucciso! L'ha ucciso! – ha gridato Luca, indicando il gatto che era rimasto immobile e con la pancia all'aria.

Conoscevo quel gatto. Gironzola dalle nostre parti da una quindicina di giorni e gli ho portato da mangiare un paio di volte.

Mentre l'automobilista borbottava dicendo: – Diavolo d'un gatto! Mi ha quasi mandato fuori strada! – io ho detto a Luca: – Andiamo a vedere come sta.

Quando mi sono chinata per toccarlo, ho visto che il gatto respirava ancora, aveva gli occhi semichiusi e tentava di rimettersi sulle zampe.

– È vivo – ho detto a mio fratello – ma ha bisogno di aiuto.

Ho dato a Luca il mio zaino, ho preso il gatto fra le braccia e mi sono messa a correre verso casa.

L'automobilista, infatti, era schizzato via e non c'era nessuno che potesse darmi un passaggio per andare dal veterinario.

– Papà, papà, tira fuori l'auto dal garage! – ho gridato quando sono entrata in casa.

– Ma che cos'è successo? – mi ha chiesto mia madre.

– C'è un gatto randagio da salvare. È appena stato investito. Dov'è papà?

Mio padre è uscito dalla cucina con un bicchiere di latte in mano e io l'ho scongiurato di far presto.

– Pensavo di riposarmi – ha borbottato.

Ma poi si è infilato la giacca, ha preso l'auto e dieci minuti dopo eravamo dal veterinario.

Luca è rimasto nella saletta d'attesa con mio padre, io sono entrata nello studio del veterinario e ho atteso il risultato della visita.

– Gli è andata bene – ha detto alla fine il veterinario. – Anzi, le è andata bene, visto che è una femmina.

– Cos'ha?

– Solo piccole ferite. Ma questa zampa va fasciata.

– Allora vuol dire che non può restare in strada?

– Vuol dire che deve starsene tranquilla nell'angolo più confortevole del vostro appartamento. Dev'essersi presa la paura peggiore della sua vita. Cosa c'entra la strada? Non è tua la gatta?

– No, è una randagia che circola nella zona da un paio di settimane.

– Capisco. Io potrei ospitarla per un giorno o due. Massimo tre.

– Ne parlerò con mio padre. Dobbiamo pagare?

– Lascia perdere. Per questa volta è gratis, visto che non ha padroni.

Con la gatta fasciata e malconcia, sono entrata in macchina e ho guardato mio padre. Lui ha guardato me e Luca e ha esclamato: – Non possiamo tenere una gatta in casa!

– Perché? – gli ho chiesto.

– Perché credo di essere allergico al suo pelo.

– Ma non possiamo lasciarla in strada. Non può camminare, ha bisogno di essere di nuovo medicata, e se l'abbandoniamo morirà.

– Non è giusto! – ha detto Luca.

– Valentina, non abbiamo mai avuto animali in casa – ha replicato mio padre.

– Dai, papà. Aiutiamola almeno a guarire. Quando sarà di nuovo capace di stare sulle zampe, la lasceremo andare.

– Tua madre… – ha provato a dire.

Ma mia madre ha solo detto: – Bisogna attrezzarsi per i prossimi giorni. Ci vogliono una cassetta, della sabbia, una scodellina per l'acqua e una per il cibo.

– Ci pensiamo Luca e io – ho detto.

E ho pensato che probabilmente avrei dovuto prelevare dal salvadanaio almeno un terzo dei miei risparmi.

Mio padre, però, quando mi ha vista prendere il salvadanaio ha detto: – Lascia stare, anticipo io, visto che non abbiamo pagato il veterinario.

E senza togliersi la giacca ha detto a me e a Luca: – Venite.

Siamo andati in un negozio che vendeva prodotti per animali e abbiamo comprato

La nostra gatta si chiamerà Alice.

la cassetta, la sabbia e un sacchetto di cibo speciale per gatti. Le scodelline le aveva già trovate mia madre e non mancava nient'altro.

– Sei bravo, papà – ha detto Luca quando siamo tornati a casa.

Io ho abbracciato mio padre e gli ho detto: – Grazie.

Lui però mi ha ricordato: – Solo finché non guarisce, sia chiaro.

Io non ho replicato, ma dentro di me ho pensato: «Vedremo».

Intanto ho deciso di dare un nome alla gatta. Si chiamerà Alice.

VIAGGIARE, SCRIVERE, VIVERE

Stefi è entrata in casa come un vento di primavera. Ha abbracciato a lungo mia madre, ha schioccato un bacio su una guancia di Luca, infine ha afferrato la mia mano, l'ha tenuta stretta fra le sue e mi ha detto: – Sei proprio come immaginavo. Maria non poteva farti meglio di come sei.

Luca ha storto il naso, Stefi se n'è accorta e ha aggiunto: – Anche tu sei uno splendido frugoletto.

– Io non sono un frugoletto. Io mi chiamo Luca – ha protestato mio fratello.

E se n'è andato a giocare con le figurine.

Stefi è scoppiata a ridere.

– È un peperino il piccolo – ha detto. – Ma lasciamolo tranquillo e parliamo di noi. Maria, non sai quanto sia felice di rivederti.

– Anch'io sono contenta di averti qui, Stefi. Sono passati tanti anni dall'ultima volta che ci siamo viste! Come va?

– Non potrebbe andar meglio. E tu che cosa combini?

– Mi sento un po' sprecata a fare la casalinga.

– Io morirei a stare in casa.

– Certo, certo, tu non sei sposata, non hai figli...

– Buttati tutto alle spalle e vieni con me, Maria.

Mia madre ha spalancato gli occhi e io ho guardato Stefi allarmata.

– Non scherzare – ha detto mia madre. – Come farebbe senza di me Valentina? Anzi, come farei io senza di lei?

Stefi mi ha guardata con occhi sornioni e ha detto: – Allora devi lasciar venire almeno lei con me. E molto presto. Sarà solo una vacanza, ma farò in modo che se la goda fino in fondo. Ti piacerebbe viaggiare, Valentina?

– Molto.

– Allora preparati. Ho in programma di andare in Cornovaglia a trovare un'amica. Mi tratterrò una settimana e pensavo di portarti con me. La Cornovaglia merita di essere visitata almeno una volta nella vita.

– Ma Valentina va a scuola – ha obiettato mia madre.

– Una settimana senza lezioni non sarà un gran danno. Tu che cosa ne dici, Valentina?

E cosa dovevo dire? L'idea di viaggiare in sua compagnia mi attraeva moltissimo. Sapevo dov'era la Cornovaglia, perché la classe di bambini con cui corrispondevamo si trova proprio da quelle parti. Ma andarci di persona, be', era tutt'altra cosa. Allora, emozionata, ho detto: – Secondo me, il maestro mi lascia partire.

– Allora siamo a posto.

– Veramente dovrei parlarne anche con mio marito – ha osservato mia madre.

Durante la cena, mio padre è stato messo al corrente del progetto di Stefi. Ma non ha quasi potuto prendere la parola per dire quello che ne pensava. Stefi, infatti, non ha smesso un istante di magnificare la Cornovaglia e ha concluso dicendo: – Cari genitori, non tarpate le ali alla vostra bambina. Lasciatela viaggiare e la farete felice. Oggi si nasce in un posto, ma è giusto abituarsi all'idea che tutto potrebbe cambiare, e in fretta anche. Prendete me. Conosco talmente tanta gente e tanti paesi, che a volte non ricordo nemmeno dove sono nata.

– E lei pensa che sia un vantaggio? – le ha chiesto mio padre quando ha potuto finalmente parlare.

– Ma certo che lo è! Oggi il più gran pericolo è fossilizzarsi.

– Sarà. Io però la sera preferisco tornare a casa. Lei dove torna di solito?

– In albergo.

– Lo sospettavo.

Stefi mi ha guardato per vedere che effetto aveva avuto su di me quella conversazione.

Di sicuro mi aveva confusa. Stefi era una donna giovane e sembrava l'incarnazione dell'avventura e della libertà. Chi non avrebbe voluto essere come lei?

– È vero che scrivi per le riviste? – le ho chiesto dopo cena.

– Io scrivo "anche" per le riviste. Ho cominciato a scuola, facendo la redattrice di un giornalino, e poi non ho più smesso. A te piace scrivere, Valentina?

– Sì, ho un diario e mi piace inventare delle storie. Qualche volta scrivo anche delle poesie. Ma soprattutto leggo molti libri. E certe volte penso che mi piacerebbe scriverne uno, un giorno.

– Scrivi almeno venti righe al giorno e vedrai che prima o poi il tuo sogno si realizzerà.

Eh sì, ho pensato. Sarebbe davvero bello vedere il proprio nome sulla copertina di un libro.

Allora mi chiederebbero: «L'hai scritto proprio tu?».

«Sì, l'ho scritto proprio io.»

«Sei stata brava. Mi è piaciuto molto. Mi fai l'autografo?»

– Valentina, ti sei incantata?

Mia madre mi ha scosso per un braccio e io ho risposto: – Sì, penso proprio che un giorno farò la scrittrice.

– E io ti farò da agente letterario – ha detto Stefi. – Ma se vuoi accumulare idee, devi fare molte esperienze. Perciò vedi che in Cornovaglia devi venirci assolutamente.

Quando Stefi è andata via, era quasi mezzanotte.

– Puoi dormire da noi – le ha detto mia madre.

– Non posso, Maria. Ho prenotato una stanza in un albergo vicino alla stazione. Domani mattina devo partire prestissimo. Mi farò viva quanto prima. Ciao, Valentina, la Cornovaglia ti aspetta.

E con la Cornovaglia nella testa, sono andata a spogliarmi e mi sono infilata a letto. Luca dormiva da un pezzo ed ero certa che anch'io sarei sprofondata subito nel sonno.

Prima, però, sono passata a fare un po' di coccole ad Alice.

UNA PICCOLA FESTA PER CHIARA

Chiara è partita.

– Scrivimi, mi raccomando – le ho detto dandole il mio indirizzo – e parlami di Roma. Dev'essere una bella città. Tu ci sei mai stata?

– No, è la prima volta che ci vado.

– Be', almeno non andrai a vivere in un paesello fuori dal mondo.

– Ma forse in un paesello sarebbe più facile farsi delle amiche.

– A Roma sarà lo stesso, vedrai. Tu sei una che sa farsi voler bene.

– Ma anche una che gli altri prendono volentieri in giro.

– Perché dici così? Nella nostra classe non l'ha mai fatto nessuno, mi pare.

– Gina mi ha sempre punzecchiato.

L'ultimo giorno di Chiara a scuola, il maestro ha voluto che organizzassimo una piccola festa. Lui le ha regalato un libro, io ho portato una torta, le mie compagne hanno regalato a Chiara chi un taccuino, chi un fermaglio, chi un nastro, chi un portachiavi. Tazio le ha regalato un walkman e Chiara ha fatto uno sforzo per non piangere.

– Ti ricorderemo sempre, Chiara – le ha detto il maestro. – Ci dispiace che te ne vai, ma hai solo anticipato di qualche mese un distacco che poi riguarderà tutti gli altri.

A quelle parole, mi sono sentita un nodo nello stomaco. È proprio così. Tra alcuni mesi dovrò lasciare la scuola elementare, e la cosa mi scombussola molto.

MARGHERITA HA LE IDEE APERTE

Nella nostra scuola, la maggior parte delle maestre sono donne di mezz'età. Ce n'è una, però, che sembra più che altro una nonna.

Si chiama Margherita, ha una faccia placida e parla con voce tranquilla.

Un giorno le ho chiesto: – Margherita, non sei ancora stanca di fare la maestra?

– Un po', Valentina. Ma presto lascerò la scuola.

– Peccato. I tuoi alunni ti rimpiangeranno.

– Avranno una maestra più giovane.

– Ma forse non sarà buona come te.

– Però avrà le idee più aperte.

– Tu non le hai mica chiuse, Margherita.

– Non so. Cerco di tenermi al passo con gli interessi dei ragazzi, ma, per esempio, di computer non capisco niente.

– I computer non sono tutto nella vita, Margherita.

– Hai ragione, Valentina. Ma oggi i bambini sono così diversi da quando ero bambina io.

– Tu che bambina sei stata, Margherita?

– Una bambina tranquilla. Forse troppo. I miei mi tenevano sempre in casa, e non mi lasciavano andare da nessuna parte.

Oggi mi sono ricordata di queste parole,

e ho detto a Margherita: – Lo sai che forse vado in Cornovaglia?

– Da sola?

– No, con un'amica di mia madre.

– E tua madre ti lascia andare?

– È un'amica della quale si fida.

– Allora parti tranquilla.

– Sono molto emozionata, Margherita.

– Lo sarei anch'io. Questo mondo sta diventando sempre più piccolo. Ma è ancora abbastanza grande per farti scoprire delle meraviglie.

– Lo vedi che hai le idee molto aperte, Margherita?

RAMETTI DI MIMOSA

Stamattina, otto marzo, il maestro è entrato in classe con un cartoccio pieno di mimose.

Dopo aver detto: – Oggi è la festa della donna – ha chiamato le bambine una alla volta e a ciascuna ha regalato un rametto di mimosa.

I maschi sono rimasti a bocca aperta e Rinaldo ha chiesto: – Quand'è la festa degli uomini?

Gli ha risposto Ottilia: – Tutti i giorni, purtroppo.

Rinaldo l'ha ignorata e ha detto al maestro: – Anche noi maschi vogliamo un regalo.

– E cosa vorresti? – gli ha chiesto il maestro.

– Puoi portargli dei papaveri – ha detto Gina.

Alla sua battuta, ci siamo messe tutte a ridere. Ma i maschi non hanno battuto ciglio.

Solo Tazio ha riso con noi. Però i suoi compagni l'hanno guardato male e lui ha smesso subito.

– Te l'aspettavi questo gesto dal maestro? – mi ha chiesto Ottilia, mentre eravamo in cortile con il rametto di mimosa agganciato al collo della T-shirt. – Secondo me glielo ha suggerito sua moglie, Giulietta.

– Io invece credo che l'idea sia stata sua. Lui non ha mai fatto differenze tra maschi e femmine e non ci ha mai trattato come delle oche.

– È vero. Anzi, dà più spesso ragione alle femmine che non ai maschi.

– Io penso che tratti tutti allo stesso modo.

Io lo credo davvero. Solo una volta, mi ricordo, rimproverò aspramente Rinaldo, perché aveva cercato di alzare il vestito di Gina. Rinaldo protestò che non era vero e disse che le gambe di Gina erano bruttissime. Poi si scoprì che Gina si era inventata tutto e il maestro fece una cosa che forse un altro maestro non avrebbe fatto. Chiese cioè scusa a Rinaldo e disse a Gina che la bugia e la calunnia non pagano.

– Però altre volte Rinaldo ha cercato davvero di alzarci le gonne – piagnucolò Gina.

Purtroppo su questo ha ragione. Rinaldo e qualcun altro dei nostri compagni, ogni tanto cercano di alzare il vestito alle bambine.

È per questo che molte delle mie compagne si sono decise a indossare i pantaloncini sotto i vestiti.

– Ma non è giusto – dice Ottilia.

Io sono d'accordo con lei. Io non porto mai i vestiti quando vengo a scuola, perché con i jeans mi sento più libera. Ma appena comincerà a far caldo, penso che indosserò anch'io un vestito o una gonna. E voglio proprio vedere se qualcuno oserà farmi lo scherzo di scoprirmi.

Oggi mio fratello non è venuto a scuola perché era raffreddato. Ottilia è salita sull'auto di suo padre, perciò a casa me ne sono tornata da sola.

A un centinaio di metri dalla scuola, però, mi ha raggiunto Tazio.

– Ciao – mi ha detto. – Posso accompagnarti?

– Se vuoi – gli ho risposto. E ho aggiunto: – Ma non abiti nella direzione opposta?

– Sì, ma oggi non ho niente da fare.

Tazio si è messo al mio fianco e per un po' non ha detto niente.

– Ti dispiace che Chiara sia partita? – gli ho chiesto mentre stavo per arrivare a casa.

– Un po'.

– Credevo che foste molto amici.

– Era solo una compagna di classe.

– Noi ci siamo scambiate gli indirizzi e penso che ci scriveremo. Be', io sono arrivata. Grazie per avermi fatto compagnia.

Ho posato la mano sul portone, ma prima di spingerlo, Tazio mi ha detto: – Tieni, volevo darti questo.

E mi ha offerto un mazzettino di mimose legate con un nastro rosso e avvolte in un involucro di plastica.

Prima che potessi dir qualcosa, Tazio mi ha mormorato un ciao ed è scappato via.

Entrata in casa, sono andata nella mia camera e ho letto il bigliettino inserito tra i fiori.

C'era scritto: «*Buona festa della donna, Valentina. Tazio*».

UN BIGLIETTINO PER TAZIO

Devo ammettere che i fiori di Tazio mi hanno molto colpita. Che cosa aveva voluto significare con quel gesto? Non sapevo cosa pensare.

Ho messo il mazzolino in un bicchiere d'acqua e l'ho posato sul davanzale della mia finestra. Poi mi sono seduta dietro la scrivania e ho staccato un foglietto dal mio bloc-notes.

Dopo averci pensato a lungo, ho scritto così.

Caro Tazio,

grazie per i fiori. È stato un pensiero gentile e l'ho apprezzato molto. Veramente vorrei chiederti perché li hai regalati solo a me. Magari me lo dici domani.

Credo che i tuoi fiori si manterranno freschi a lungo. Li ho messi in un bicchiere e cambierò l'acqua regolarmente. Così ogni volta che li guarderò, mi ricorderò del pomeriggio in cui me li hai regalati.

Ciao da Valentina

P.S. Ottilia mi chiama Vi. Se vuoi, puoi chiamarmi anche tu così. Ovviamente ti chiedo di non far vedere a nessuno questa lettera.

Raccomandazione superflua, mi sono detta. Di Tazio c'è da fidarsi.

E-MAIL
E INTERNET

Da due giorni abbiamo il collegamento a Internet. Mio padre ha fatto tutto da solo. Ha sistemato il modem, i cavi telefonici e ha sottoscritto un abbonamento gratuito.

Prima di lasciare via libera a me e a Luca, ha attivato un livello di protezione che ci impedisca di finire in siti pericolosi e infine ha detto: – Ricordatevi che, almeno per il momento, la navigazione costa. E non ho voglia di vedermi arrivare bollette astronomiche. Venite qui, vi spiego come si fa.

A me è bastato poco per capire cosa sono i motori di ricerca e ho subito cominciato a digitare le parole *scuola, libri, bambini, scrittura.*

Ogni volta comparivano un sacco di indirizzi e non sapevo mai dove era più interessante cliccare.

Da un lato era bello trovarsi davanti a delle sorprese, dall'altro mi sembrava di smarrirmi.

Luca si è annoiato quasi subito.

Io, invece, ho insistito a navigare.

Mia madre, che di computer e di Internet non capisce nulla, si è seduta accanto a me e mi ha chiesto: – Sei sicura che questa roba non sia pericolosa?

– Stai tranquilla, mamma – le ho detto. – Papà ha sistemato bene le cose e sul nostro computer non possono comparire siti pericolosi.

– Speriamo. Tu cosa pensi di ricavarne, Valentina?

– Voglio trovare materiale per le mie ricerche, giochi per divertirmi e mi piacerebbe dialogare con altri bambini che abitano lontano da Torino.

– Comunque stai in guardia. E se qualcosa va storto, avverti subito tuo padre.

– Lo farò.

Stasera, dopo cena, sono corsa a collegarmi. Dapprima è stato un po' difficile. A quell'ora tutti sono piazzati davanti al computer e la linea è spesso occupata.

Poi, finalmente, il collegamento è partito e quasi subito mi sono imbattuta in un indirizzo che ho cliccato d'istinto.

Quando la pagina si è aperta sul mio computer, mi sono trovata davanti una lettera.

Ciao, sono Jack e ho dieci anni.

In fondo alla lettera troverai la mia e-mail.

È lì che devi scrivere se vuoi comunicare con me.

Ti dico subito che io non ho molti amici. Anzi, non ne ho quasi nessuno. Hai voglia di scrivermi?

Di me posso dirti che non vado a scuola. Però leggo tanti libri e mi piace anche scrivere. Soprattutto da quando ho il computer, scrivo tantissimo e stampo tutto quello che ho scritto.

Sono figlio unico e vivo con mio papà. Mio papà è un papà magnifico e mi vuole molto bene. Senza di lui, non potrei vivere.

Questa pagina su Internet mi ha aiutato a confezionarla lui. Infatti è molto bravo a lavorare con i computer.

Allora, pensi di rispondermi? Ci terrei tanto.

Jack

Dopo aver letto la lettera, subito l'ho stampata.

Non sapevo cosa pensare. Mi è sembrata sincera e avevo voglia di rispondere subito.

È vero, era un po' misteriosa. Chissà cosa intendeva dire con le parole *Non ho molti amici.*

Secondo me, se fino al momento di scrivere la lettera su Internet davvero non aveva amici, adesso doveva averne fin troppi. Immaginavo, infatti, che quella lettera doveva avere spinto chissà quante persone a scrivere a Jack.

Ed è stato proprio questo pensiero a farmi dire: «È inutile rispondere. La mia lettera si perderà fra decine di altre. Jack, ormai, avrà un esercito di corrispondenti».

E tuttavia non riuscivo a togliermi quella lettera dalla testa.

Allora ho preso una decisione improvvisa, ho avviato la posta elettronica di mio padre, ho cliccato su "nuovo messaggio", e ho scritto.

Caro Jack,

anch'io ho dieci anni e sono una bambina. Per il momento ti dico che mi chiamo Vi.

Sono collegata da poco a Internet e non mi fido troppo, perché so che ci sono molti pericoli ed è giusto stare attenta.

Infatti prima di inviare il messaggio che ho appena scritto chiederò consiglio a mio papà.

Ma se cerchi amici con i quali corrispondere, allora io potrei essere una di loro. Im-

magino che ti avranno già scritto in tanti e che sarai sommerso dai messaggi.

In tal caso, puoi fare a meno di rispondermi. Posso capirti: anche se non vai a scuola, forse non ti basterà il tempo per rispondere a tutti.

Non sono curiosa, ma certo mi piacerebbe sapere perché non vai a scuola. Sei ammalato? Non puoi camminare? Noi in classe abbiamo un compagno che è costretto a vivere su una carrozzella. Però a scuola viene lo stesso e ci si trova bene.

Ti racconto qualcosa di me. Ho un fratello e due genitori, un'amica che è come una sorella e un maestro che mi fa venir voglia di andare a scuola anche quando ho la febbre a quaranta.

Anche a me piace molto leggere e scrivere. Presto farò un viaggio con un'amica di mia madre, e credo che sarà una delle esperienze più belle della mia vita.

Ciao da Vi.

Ho parlato con papà e lui mi ha dato il permesso di mandare il messaggio.

Io ero molto contenta.

Forse ho trovato un nuovo amico.

Arrivederci
alla prossima
avventura!

INDICE

I LIBRI DI VALENTINA

1. V come Valentina
La vita quotidiana di Valentina: l'amica del cuore, il ragazzo che le piace, una gattina da salvare...

2. Un amico Internet per Valentina
In rete, Valentina trova un nuovo amico: si chiama Jack ed è molto simpatico!

3. In viaggio con Valentina
Valentina parte per la Cornovaglia... quante avventure in questo misterioso paese!

4. A scuola con Valentina
Valentina ha un maestro speciale, che narra storie meravigliose e difende sempre i suoi alunni...

5. Un mistero per Valentina
Valentina va in gita scolastica a Zurigo. Sarà una settimana piena di misteri da risolvere!

6. La cugina di Valentina
La vita di Valentina si svolge tranquilla, ma un giorno la sua mamma perde la memoria...

7. Gli amici di Valentina
Quanti amici ha Valentina! Ognuno con il suo carattere e la sua storia da raccontare...

8. L'estate di Valentina
Finalmente le vacanze! Tra montagna, lago e mare Valentina non ha certo il tempo di annoiarsi.

9. La famiglia di Valentina
La mamma di Valentina deve essere operata, e lei impara a cavarsela da sola in casa...

10. Quattro gatti per Valentina
Alice, la gatta di Valentina, sta aspettando i cuccioli e ci sono veramente tante cose a cui pensare...

11. Buon Natale, Valentina!
Il Natale si avvicina e Valentina si dedica ai preparativi insieme a un'amica speciale!

13. Pablo. Un nuovo amico per Valentina
Valentina è molto emozionata: dall'Argentina sta per arrivare Pablo, che per un po' vivrà a casa sua…

14. Una sorpresa per Valentina
A Valentina succede una cosa incredibile! Una sera tornando a casa con Tazio e Ottilia trova un neonato abbandonato...

15. In vacanza con i nonni
A Valentina piace tanto andare dai nonni in campagna! Chissà che storie emozionanti le racconterà il nonno, questa volta...

16. Valentina è gelosa
Tazio e una ragazzina della seconda B reciteranno insieme nello spettacolo teatrale di fine anno... Che cosa farà Valentina?

17. Un'amicizia speciale
Valentina e Tazio vanno a trovare il loro amico Samuel: che bello ricordare insieme i tempi felici della scuola elementare!

18. Tazio, mi manchi...
Tazio si trasferisce a Parigi con la sua famiglia... Un anno intero senza di lui a Valentina sembrerà interminabile!

19. Valentina in Australia
Un viaggio all'altro capo del mondo, in un paese lontano tutto da scoprire... Valentina e Lia non vedono l'ora di partire!

SPECIALI

Buon Natale, Valentina!
Il viaggio in Italia di Valentina
Halloween con Valentina
Il viaggio in Europa di Valentina
Viaggio nella storia d'Italia con Valentina
Viaggio nella storia d'Italia con Valentina 2
Viaggio nella storia d'Italia con Valentina 3

Sempre nel Battello a Vapore:

Serie Arancio
Le fatiche di Valentina
Non arrenderti, Valentina!
Cosa sogni, Valentina?

Serie Rossa
Ciao, Valentina!

CHI È ANGELO PETROSINO?

Care lettrici e cari lettori, ho pensato di parlarvi di me perché mi chiedete sempre di farlo quando vi incontro nelle scuole o nelle biblioteche. Sono sempre stato un bambino vivace e curioso. Non stavo mai in casa e mi arrampicavo sugli alberi, per guardare il mondo dall'alto. Era facile, perché abitavo in campagna. Poi un giorno ho lasciato il mio paese perché mio padre aveva trovato lavoro in Francia. Avevo dieci anni. Ho vissuto esperienze indimenticabili prima in Auvergne poi a Parigi. Tornato in Italia, ho dovuto imparare di nuovo l'italiano. Per questo oggi la lingua italiana è per me il patrimonio più prezioso: di ogni parola amo il suono, il significato, le immagini che evoca. Non pensavo che un giorno mi sarei trovato a insegnarla. All'inizio infatti ho studiato da perito chimico. Poi un giorno mi sono affacciato a un'aula di scuola ele-

Angelo a dieci anni, in Auvergne

mentare. Ero imbarazzato. «Come ci si comporta con i bambini?» mi sono chiesto. Allora ho ricordato che i momenti più belli della mia infanzia erano quando mio nonno mi raccontava storie. Così ho cominciato a leggere ai miei alunni. Da allora sono diventato "il maestro che racconta storie". Ma ho sempre ascoltato le storie, i desideri, i sogni dei bambini. Quante cose ho imparato!

Angelo Petrosino

Col tempo ho iniziato a scrivere libri in cui i protagonisti erano proprio loro.

Così è nato il personaggio di Valentina: curiosa, irrequieta, intelligente, capace di ascoltare le sue emozioni e con una gran voglia di vivere.

A proposito, mi piacerebbe sapere cosa ne pensate dei miei libri. Se volete, scrivetemi qui:

www.angelopetrosino.it

Prometto una risposta veloce e personale a tutti!

CHI È SARA NOT?

Sara Not ha ben trent'anni però disegna ancora come una bambina (e solo quando ne ha voglia). Va e viene tra Milano e Trieste e non si sa mai dov'è. Il fatto è che si fa trasportare dalla bora, vento capriccioso e freddino del nord est, anche se fa credere a tutti di viaggiare in treno.

Da due anni vive con Sissi, amica fedele, chiamata anche Mocio Vileda o Patata, una cagnolina pelosa dallo sguardo dolcissimo (se si riesce a scovarne gli occhi sotto il ciuffo). Insieme inventano, disegnano, colorano, ma è Sissi che fa il grosso del lavoro... E c'è qualcuno che dice che si vede! Ma sono malelingue.

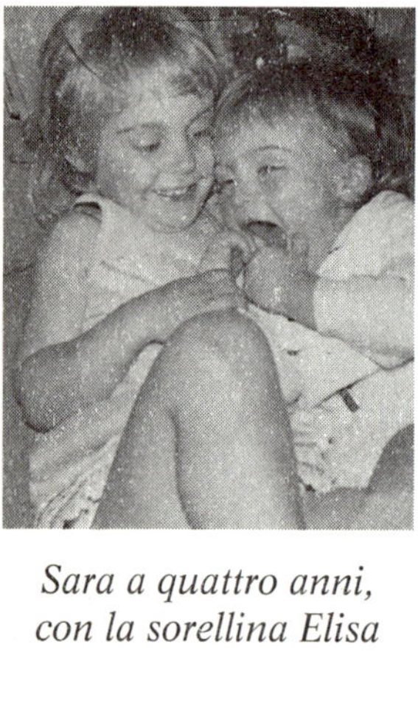

Sara a quattro anni, con la sorellina Elisa

Quando il loro mirabolante computer Mac Pino va in tilt, inforcano la vecchia bicicletta verde e sfrecciano verso il parco.

Da secoli Sissi tenta di insegnare a Sara ad andare senza mani, ma è un caso senza speranza. Durante queste spericolate evoluzioni ciclistiche, la coraggiosa cagnolina, affacciata al manubrio dal suo cestino, lancia appelli disperati ai passanti. Bambini, se le vedete, non esitate a intervenire!

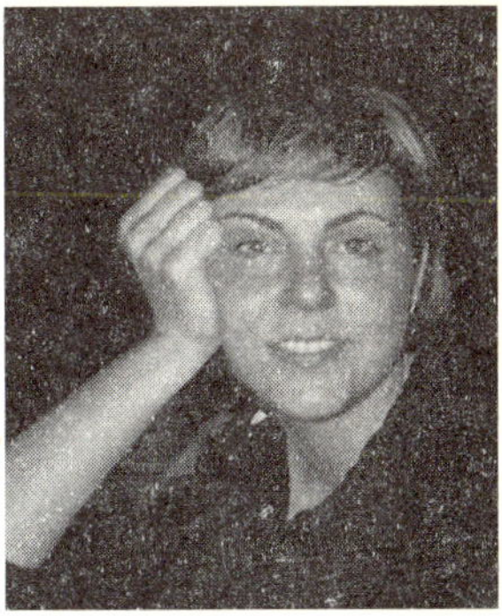

Sara Not

Tornate nella loro mansarda, leggono un bel libro, mettono su un cd, cucinano una buona cenetta e sono pronte a uscire con gli amici. Quando si annoiano, aspettano la bora che le porta al mare.

Angelo Petrosino

V = Valentina

Ciao, sono Valentina!
Adesso ho tredici anni, vado alle medie
e ho un sacco di nuovi amici. Non vedo l'ora
di raccontarvi le mie ultime novità!

1. Il primo bacio... non si scorda mai!
2. Grandi novità in arrivo!
3. Gita di classe a Parigi
4. Sei la mia amica del cuore
5. Valentina... si sposa!
6. Una vacanza indimenticabile

Angelo Petrosino

Viaggio nella Storia d'Italia con Valentina

Un vecchio libraio mi ha affidato un tomo molto antico, dalle sue pagine si è sprigionata una strana luce che mi ha fatto chiudere gli occhi. Riaprendoli sono rimasta senza parole: il libro mi aveva portata indietro nel tempo!

Angelo Petrosino

Viaggio nella Storia d'Italia con Valentina 2

Oggi sono tornata dal vecchio libraio insieme a Tazio e mi sono fatta prestare di nuovo il libro magico... che emozione! Ancora qualche istante e comincerò a sfogliare le sue pagine misteriose: volete seguirmi in questo nuovo viaggio?

Angelo Petrosino

Viaggio nella Storia d'Italia con Valentina 3

Presa dalla vita di tutti i giorni, avevo rinunciato alla tentazione di farmi prestare di nuovo il libro magico. Ma oggi non ho resistito, e ora stringo fra le mani il volume che mi ha regalato avventure indimenticabili. So che sarà l'ultimo viaggio nel passato... Dove andrò, questa volta?

Caroline Plaisted

Fermate il mondo... voglio scendere!

Amaryllis, quasi tredici anni, ha una famiglia, come dire... imbarazzante! Il suo fratello maggiore, suona in un gruppo inascoltabile, i BLEA!, e il suo fratellino Ugo è un secchione tremendo. Papà è un artista incompreso e la mamma frequenta noiosissimi circoli di poesia...

Questo libro non è vendibile
se sprovvisto del presente tagliando

PROVA D'ACQUISTO
IL BATTELLO A VAPORE
VALENTINA
N° 1